朝日新書
Asahi Shinsho 742

俳句は入門できる

長嶋　有

朝日新聞出版

はじめに

本書は俳句の入門書ではないが、俳句をやってみようとしている人に有用な一冊である。具体的にまず、俳句初心者の人に僕がよくいう言葉を紹介しよう。

俳句は打球、句会が野球

鏡の前でフォームの乱れを確認しながら、ひたすら素振りを繰り返すプロ野球選手の姿には大勢が感銘を受ける。俳句も同じだ。作者が一句一句、作品に対し推敲を重ね、芸術的見地に照らして素晴らしい句の完成を目指す。それはもちろん、立派なことだ。

そして俳句は一人でもできる仕組みだ。新聞や雑誌の俳句欄に投稿を繰り返し、採用されることで、世に作品は広まるし、承認欲求も満たせるだろう。

だが同時に、俳句は他者とともできる仕組みだ。というか、一人ぼっちで投句し続けるのは打球の精度を競うことにすぎず、そこに野球のような醍醐味はない。

野球は、ただバットを振ったりボールを投げたりするわけではない。誰かと競い合ったり、ともに守ったりする。同様に「句会」では他者の作を批評し、語り合う。だから、ただ投稿するだけよりも相互的だ、ということをまず言いたいわけだが、それだけではない。

さらに要素がある。野球なら、仲間の下手なプレーをからかったり、ベンチから気の利いたヤジを飛ばしたり。試合が終わった後で呑みにいったり、フラッグやユニフォームを作ったりする。草野球のような「趣味」でなくてもだ。負けてグラウンドの砂を集めたり、ドラフトで指名されたり(されなかったり)、乱闘で殴りあったり、女子アナと結婚したり、トミー・ジョン手術を受けたり。そこまで全部が「野球」のみせてくれるものだ（逆に、野球の要素に打球が必ず含まれるように、他者とともに行ってもなお、ストイックな俳句作りはできる）。

僕は小説家で、別名義のブルボン小林としてコラムニストとしても活動している。俳句もしている。同人と句会を重ね、句集も出しており、雑誌の俳句欄の選者もしている。2019年にはテレビ番組「NHK俳句」の選者まで引き受けた。だけれど、現代の「俳壇」において正統な俳人とみなされているかというと、必ずしもそうではない。僕自身、本職の俳人には到底太刀打ちできないと思うことが多い（特に、読んでいる量が違う）。

それでも、選者は頼まれる。俳句界においてなんとも独特な立ち位置にいるわけだ。「立ち位置」という言葉を使ったが、つまりそこには独自の視点が発生する。

僕個人が、二十四年間の俳句活動（さまざまな句会、同人活動、テレビ出演、句集作りなど）を通じてみてきたもの、感じたことが、本書には書かれている。インターネット上での、ブルボン小林名義での連載『俳句ホニャララ』をまとめたもので、極私的な語りではあるが、いわゆる正統な「俳人」の誰も辿らなかった道からみえた景色がここには保存された。

甲子園を目指す人が気になるのはバットの振り方やボールキャッチの仕方だけではないだろう。その高校の野球部のムードはどう？　設備は？　道具の手入れ法は？　試合前後ってどんなお喋りするの？　チアガールはいる？

俳句を始めようと思う人が実は知りたい、俳句界の特殊な空気や温度、雰囲気や魅力を、本書で感じ取ることができると思う（そうではない、「打球」の精度に関わることが必要ならば、実践的な俳句入門書が既にいくつも刊行されている。本書内でもあとで推薦するそれらを手にとって学んでほしい）。

ラグビーや相撲は中年をすぎたらもう出来ない。野球をするのも、けっこう大変だ。

俳句はいつからでも入門できる。そして、その入門する世界は「五七五」や「季語」のもたらす醍醐味をひっくるめ、もっと大きな混沌と豊饒さをたたえて、皆さんを待っている。

イラスト　大橋裕之
写真　著者提供

俳句は入門できる　目次

第1章　俳句は一人でできる

俳号の話

俳人には俳号というのがある。俳句をするとき用のペンネームだ。

夏目漱石の漱石とはもともと正岡子規の俳号だった（俳句誌に小説でも書いたら、と子規に勧められて『吾輩は猫である』を書いたのだ）。俳句をする人は絶対に俳号をつけなければいけないわけではない。別に本名でやってもいいんだが、1990年代当時、俳句を始めた仲間同士の間に「なんとなくつけるものらしい」「つけた方が楽しいぞ」というノリがあって、僕もつけた。

しばらくその俳号で活動していて、公式サイトでも俳句の活動はその名義で告知していた。

あることがあって、2008年に俳号をやめた。だが、ウィキペディアなどに載ってるせいか、取材の際に「たしか俳句は○○という名前で活動されてるんですよね」と言われ続ける（ウィキペディアの情報は不正確もしくは古いものである場合がある）。「なぜ俳号をやめたんですか」という質問をされることも結構あるが、それも「本当にそんなに聞きたい質問なの？」と内心いぶかしく思う。「○○の名前での活動が大好きだったのに」みたいな前段は特に感じられないのだが。本稿では、繰り返される質問の答えのかわりとして、僕がなぜ俳号を名乗らなくなったのかを語りたい。

07年、俳人の山本紫黄と句座を共にした……今、「句座を共に」なんて格好よくいってみたが、単に「一緒に句会をした」ということだ。（後述もするが）そういう「言い方」で格好よくみせる感じや、そのための（？）言葉が俳句の世界には良くも悪くもたくさんある。

高円寺の狭い喫茶店を貸し切った小規模な句会で、年長のコワモテが集まるとは聞いていたが、早くから来て、びしっとスーツ姿で寡黙に座り続ける紫黄さんは、目つきがとりわけ怖そうだった（実にいい古び方のオメガが袖から覗いていた）。（あの、怖い人の隣になりませんように）と思っていたら隣になってしまった。肩を常にすぼめて（ぶつからないように←俳句の内容で気をつけるべきところなのに、間違っている）恐縮しながら句会が始まった。

僕はそのとき**「サンダルで走るの大変夏の星」「水筒の麦茶を家で飲んでおり」**という句をだした。なんというか、自分でいうのもなんだがバカみたいな句だ。特にサンダル。だが、そういう軽い俳句でこれまでやってきたのだ。ことによってはドヤされるかもと思った。「なんですか、これは」そういう失笑や呆れだったらまだマシだ（そういう反応も慣れてる）。「へへへ、スミマセンいつもこんな句なんですヨー」と頭をかいてやり過ごす（気持ちの）準備だけしておいた。

その、コワモテの紫黄さんが、なんとサンダルの句を特選（最高点）に選んだのだ！口を極め、麦茶もあわせて二句とも褒めて下さった。ファー（緊張ほどかれる音）！

句会の後は必ず酒宴になる。酒を飲みながら話すようになると紫黄さんはとても優しい、ダンディな人で、すぐに大好きになった。**「湯豆腐や真つ暗な部屋両隣」「春雨や音楽は木の校舎より」**など、彼の俳句も素晴らしかった（なんと軽やかな）。何度目かの句会の際（もう特選など到底もらえなかったがドヤされないのは分かってたのでこっちも楽ちんに接していた。俳句は**一句でも認められたらその人、その場からずっと認めてもらえる**ことを僕はもう経験で知っていた。多くの人に対する「その一句」を、俳人は常に作るのだ）、いつも以上に機嫌良く酔った紫黄さんは僕に初めてからんできた。「あなたの、○○という俳号、あれは良くない！」と。「え、そうですか？」「でも、もう十年以上も名乗ってるのよ」仲間の俳人が僕のかわりにいってくれたが、紫黄さんは「○○という俳号、あれは良くない！」とだけ何度も（酔ってる人特有のろれつで）繰り返した。

その夏に紫黄さんは亡くなった。大正十年生まれと思えない、しっかりとした背筋で座り、歩く人だったが、たぶん熱中症だったろう。○○という俳号がよくないのはなぜかを聞きそびれたが、最後に会った夜の言葉だから、これは遺言だと思った。それをするのに「なぜなのか」を知る必要がないこともある。

それで僕は○○と名乗るのをやめた、というわけだ。

今、僕はツイッター上で句会を啓蒙している。ツイッターは文字制限のあるツールなので、便宜上、参加者に「一文字の」俳号[*1]を持ってもらうことにしている。一文字で名を言い合うのは楽しい。深い意味などない名前を付けて、それで全然事足りるじゃん、とも思った。

もちろん、俳人ぽい、意味深い、雅やかな俳号をつけるのも楽しいと思う（鬼とか難しい花の名前とか、中二病的なのも俳号の楽しさだ）。ノリでつけてもいいだろう。だけどその先には必ず「考え」が待っている。自分ではない、尊敬する誰かに「よくない」と（ある意味で）思い入れを持たれることだってありうる。名乗ることも含めて俳句という営みがあるのだ。

余談だが、その「句座」に僕を誘ってくれた方から最近になって聞いたが、紫黄さんはふだん「とても怖い方」（！）で、僕の句に怒り出すのではと「不安だった」そうだ！　先に言ってよモー、アブネ、アブネと思ったが、いつも通りにサンダルとかいっといて良かったのだ。

June 20, 2014

＊1……鈴木太郎さんなら「鈴」とか「す」のように単純に、他のメンバーとかぶらない文字を名乗る。僕はブルボン小林のボンから「凡」が一文字俳号だった。

（余談だが）ツイッターでない、実地に会ってする句会でも一文字俳号が定着した。これは点数を確認するときがとても楽しい。たとえば「アッテスル句会は楽し春の川」という句を七人が選んだとする。その際「梅ひ天凡R伊山」と一文字俳号を読み上げて確認するのだが、どんな並びも必ずバカみたいで可笑しいのである。ぜひオススメしたい。

それ桜あれは桜かこれ桜

加藤 弾

　桜はもっとも多く俳句でよまれている季語らしい。歳時記の「桜」「花」の項をめくっても何十も例句がある。だから当然、新たなトライは難しい。だが初心者がつくったこの句が、案外ずっと頭の中で転がっている。

　桜は都心でもあちこちに咲く。ソメイヨシノはいっせいに咲くけど、咲き遅れや、微妙に品種が違うのか、そばに植わっていてもまだ咲いていないものもある。我々は桜並木に通りがかると「わぁ、桜だ」とまず思い、次に本当に桜かな、あれもこれも同じ桜か、確信が持てなくなる。

　その「気持ち」を説明でなく、疑問を並べるだけで示した。二人で指を差し合っているのかもしれない。雑踏で誰かがいった言葉の連続かもしれない。俳句は季節を尊ぶ遊びで、だから季語が大事なのだが、対象になる季語（桜）に知悉《ちしつ》している必要もない。自信のなさもまた立派な「季感」だ。あれ・これ・それも歩いている人のリズムを表していて、案外長く口誦《こうしょう》する句になりそうだ。加藤弾は僕が率いる俳句同人「傍点」の一員で、この句が「処女作」！

俳句は「日本語」であって「和」のものではない

野球選手は野球のユニフォームを着ている。お相撲さんはまわしを巻いている。昔も今もそうだ。

漫画家はベレー帽をかぶっている。ラッパーはだぶだぶの服を着ている。*1 本当にそうだろうか。

漫画家がベレー帽をかぶっている印象は、手塚治虫や藤子不二雄によって植え付けられた。どちらも漫画の神様のような大きな存在だったから、印象に残って当然だ。でもその二者以外、実際にベレー帽をかぶった漫画家をみたことはない。漫画家ではない人が漫画家然とふるまう際に、むしろウケ狙いでかぶる。つまり漫画家＝ベレー帽の「イメージ」は広く共有されているが、皆が本気でそう思っているわけでもない。

では「俳人」の外見は？　皆さんどんな印象だろう。

多くの人が思い浮かべる俳人の印象は「短冊に筆でサラサラ書きつけている人」だ。十人中九人はそう思っているとみていい。ほとんどスポーツのユニフォームのようにそれは認識されている。

いわば「和」だ。句会をするというと大勢が浮かべるイメージも「和室で和装」だ。俳句ではないが、歌人（短歌をする人）の友人も同様のことをいっていた。テレビ番組の企画の短歌会に出演したら、セットがもろ「和」で、楽屋に和服が置いてあって面食らったという。

実際の句会で集う人々は皆、普通の格好だ。「短冊」は用いるが、色紙のような堅い紙ではない。誰かの勤め先の事務用紙の反故《ほご》を刻んだものだ。筆記用具も筆ではなく、ボールペンやシャープペンシルだ。そういう誤解は、専門的な世界では必ずあるものだろう。

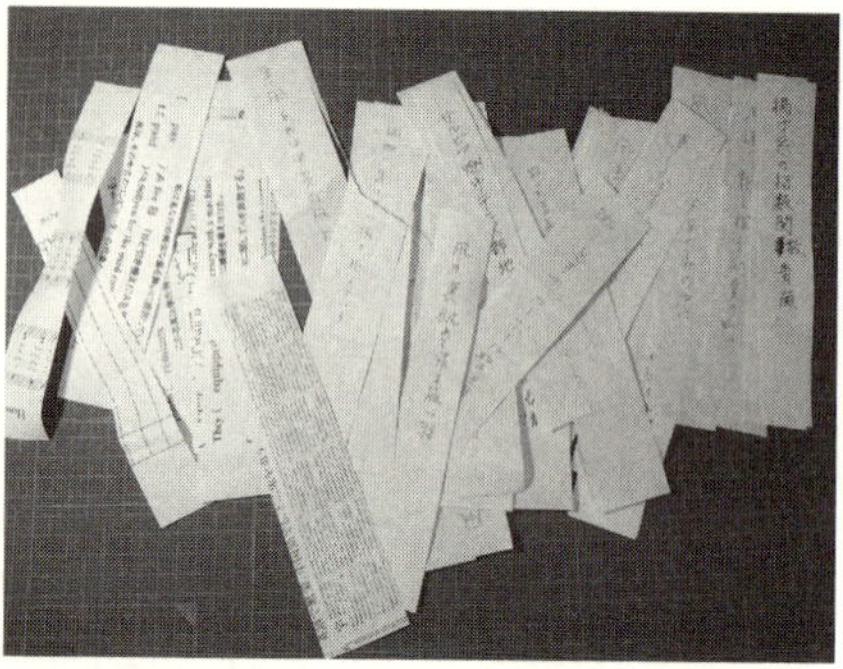
反古の短冊。裏に職場や学校の秘密が記されていそう。

80年代の大ヒット映画『ベスト・キッド』シリーズは、本筋（空手を通しての少年の成長そして恋）とは別に、勘違い日本を描いた部分が面白がられる。ただの格闘技ではない、東洋の神秘的なムードが（魅力的なこととして）強調されているが、当の日本人からすればなんじゃこれ？　という場面の連続だ。北野勇作に**「七人の侍でみたような田植え」**という句があるが、80年代当時の日本でも大規模な機械作業が当たり前のはずの農耕場面が、『ベスト・キッド2』ではまさに黒澤時代劇の如く描かれている（北野俳句はベトナム旅行の際のものだ）。しかし同作では、作中の若者達が着物やもんぺではない、当時の若者らしい服装で盛り場でデートする場面も描かれている。ヒロインが「もう古い時代ではないのよ」と主人公（米国人）の誤解を解こうとするセリフさえある。
しかし『ベスト・キッド』をみて笑う日本人の多くが、こと「俳句をする人」についてだけは「和装で短冊に筆」を思い描いてしまう。……もしかして、それを期待されているのだろうか。現役のプロ野球選手が野球を教えにきてくれる、と聞いて勇んで市民球場に向かったら、ユニクロ姿の男が立ってて、えぇ？　この人？　いやたしかに普段はユニフォーム着てないだろうけどさあ……みたいなガッカリ感があるんだろうか。短冊に筆じゃないと。

俳句や短歌をする人は、その誤解や期待を常に苦笑してやり過ごしている。句会を和室で絶対にやらないわけでもないし、筆で書かせても達筆な俳人も無論、大勢いるから、誤解といってもまったくの嘘でもないし。……でも、ナンカコー、もっとこう「言っていっていい！」と思った。「筆に短冊じゃありませんよ」と。筆文字のもたらす格好良さではなく、**書かれた中身こそが俳句本体のはず**だからだ。

我が俳句同人「傍点」[*2]が、さきごろ雑誌デビューを果たした。小学館の『Fライフ』

3号で、藤子・F・不二雄句会と銘打って「藤子F俳句」を十三句掲載したのだ。しかし小学館から届いたゲラをみて、あぁやっぱり……と思った。題名はすべて行書体で書かれ、背景には葛飾北斎風の波があしらわれ、下に添えられたイラストのドラえもんの手には、ごぞんじ「筆と短冊」。やっぱりね、やっぱりね。

藤子作品を俳句にするということ自体が、モダンな（邪道な）作句行為だともいえるし、俳句に親しみのない雑誌読者には「和」のイメージの方が親しみやすいかしら、と実はかなり悩んだ。悩みに悩んだ末にダメ出しをした。結果どうなったか。ドラえもんは短冊にボールペンという不思議な姿で俳句に取り組むことに。変だなあ、と思う。思うが、このドラえもんの姿こそ、現代に俳句を作る者の悩みや考えが途中経過として立ち現れた、「考えの象徴」のようにも思える。我々のふるまいが、もしかしたら藤子・F・不二雄氏のベレー帽のように、唯一無二の新たなトレードマークとなるかもしれない（大きな夢想ではあるが）。書体や背景はどうなったか、ぜひめくって、「和」のイメージだったらどうだったろう、などと想像して楽しんでみてほしい。

November 29, 2014

＊1……もともと貧民街で流行った音楽なので、ラッパーの親が「何度も服を買い替えなくていいように」大きめの服を着せていたという説がある。もっとも、これも古い見識で、最近のヒップホップの人たちはいろんな格好してますね。

＊2……2011年3月、震災直後のツイッター上で怯えている人たちに、少しでも気晴らしになればと言葉遊びを呼びかけた。その遊びがきっかけで集うようになった大勢の者たちと、その言葉遊びの延長で句会を啓蒙したことから14年に結成された俳句同人。このときの言葉遊びの様子は拙著『問いのない答え』（文春文庫）に描かれています。

今日の一句

小春日や呪いの面を修理する

北野勇作

季語と、季語にややそぐわない事柄を取り合わせれば、いっけん俳句はそれらしくなる。寒い日の続く中、ふと訪れた小春日のほっとする気配の中、次にくる言葉が「呪いの面」。それだけなら、狙った「そぐわなさ」にみえるだろう。

「修理する」とぶっきらぼうに続けることで、呪いが宙に浮いたようになる。かつて呪術に用いられていただろう骨董的なお面の質感や、作業する人の指先、表情まで浮かぶ。すると今度は小春日がとても静かなものとして立ち現れるのだ。

一切

最近、参加した句会の出題に「桜（一切）」と書かれていた。

「桜」はわかる。季語だ。だが、カッコ書きの「一切」とはなんだろう。

「今後、娘には一切近づいてくれるな」とか「一切合切ぶちまけてやる！」の一切だろうか。ナンカコー、ネガティブな意味合いを宿しているようだが。

僕は周囲を見回した。周囲には、僕の主催する俳句同人「傍点」の、つまりは後輩の連中も大勢、座している。

誰か（誰でもいいから）、手を挙げないか。「アノー、桜の隣に書かれている『一切』ってなんですかぁ？」そう訊いてくれないだろうか。俳歴二十年以上を誇る俺に比べても、君たち、俳句全般について知らないはずだろう。つまり、君たちならば、質問しても恥じゃない。無学を露呈してもまだ許される。問えば早速、その場の誰か学のありそうな人が「それは○○のことですよ」と教えてくれるだろう。そうしたらすかさず「ですよね」と合いの手を入れればいい。凡さん（僕のこと）、もしかして「一切」の意味、知らなかったんじゃないですか？　などと後輩に邪推されることもなく、おおいに面目が保たれるというものだ。

ところが、場の誰も「一切とはなにか」を尋ねようとしない。もう！　と思う。

句会はそのまま作句時間に突入してしまった。こいつら、コノヤロウ！　僕は同人の仲間を呪詛《じゅそ》の眼差しでみつめた。知ったかぶりでさえない、と思った。哀れな彼らは「一切」の意味など知らないどころか「知らなくても構わない」みたいな、邪気のまるでないグーフィとドナルドダックみたいな呑気顔を並べてただ座ってやがるのだ！

しかし、ここは句会だ。俳句を作らなければならない。通常は「桜」という言葉で俳句を作るわけだが、添えられた「一切」の意味がわからないと、とんだバカな句を提出してしまうことになる（可能性がある）。

「これは、あー、たしかに桜の句ですが……一切ではありませんナ（眼鏡の縁を光らせながら）」

「ずいぶんと無学な人がおられるものだ」

「どこの同人の方でしょうな」ハ、ハ、ハ、ハ（↑いっせいに笑い出す座の連中）。

「さて、作者は一体、どなたですかナ？」……そういう問いかけに、みじめな名乗りをしなければならない（可能性がある）。

「一切」を知らないくらいで、そんな大げさなと思う向きもあろうがこっちも俳歴二十年だ。知らないけど、分かっていることはあるのだ。

俳句の世界には、難しい文字と、知らない符丁が非常に多い。それらは、その世界のアイデンティティにもしかしたら関わっている。どんな世界もまあ、そうではある。文字を読める読めないだけでない、「こう振舞うと粋《いき》」みたいなことも、門外漢に分からないが様々に「ある」。漫画『ヒカルの碁』で、初心者の主人公がオズオズと「**コト**

リ」と音立てて石を盤面に「置いた」ら、対戦相手が「ビシィッ！」みたいな感じで石を鋭く「打った」ような、「勝敗以前にもう負けてる！」みたいなことが、あるわけだ。

たとえば、句会の主なやり取りとして、よいと思った句を言い合うことを「披講《ひこう》」という。それくらいの専門用語ならまあ、どんな世界にもあるだろう。だけど、その披講のとき「○○、選！」と出し抜けにいう。急にいうのだ。誰も、事前に教えてくれないままに。

「えーと、僕がいいと思った俳句は三番の句と七番の句と……」とかではない。「僕」ではなくて「○○」と急に自分の俳号や下の名前をいい、「選

びます」ではなく「選！」だ。びくっとする。「コトリ」ではない「ビシィッ！」をみせられた瞬間だ。久住昌之の漫画に、ラーメン二郎的な店で「脂マシマシ！」「バリカタ！」と、常連客がいっせいに言い始めたことで脅える一見《いちげん》の客を描いた短編があったが、そういう（「えぇっ！」という）衝撃と緊張といえば通じるだろうか。

句会も同様に、巧まずして威圧を与えてくるのだ。

また、俳句作品それ自体に難解な文字も多く用いられる。句会で提出された句に読めない字があるとき、気持ちがモゾモゾする。

僕の父は昔『三四郎』を読んだとき、ヒロインの名前「美禰子」の禰の字が最後まで読めず、ずっと心の中で「みファこさん？」とモヤーと思いながら読了し、ついにみファこさんの印象しか残らなかったといっていた。昔の本はルビをふっていなかったのだ（今、笑って読んだあなたは禰が読めていたのだろうか）。

句会は、美禰子レベルの難読字が頻出する。匿名で全員の句が提出され、一覧をみながら、さあ選句だというときになって「これ、なんて読むんですか」と訊く人もいる。

が、これは実は奨励されない行いだ。匿名で俳句を出し合って、互いに選びあう仕組みだからだ（互選という）。「なんて読むんですか」と尋ねた時点で、その人はその句の作者ではないことが分かってしまう。

そういう句は「選ばない」ことで音読を避ける手がある（h・i・d・o・i！）。しかし、選ばなくても安心はできぬ。披講において「ナガシマさんは五番の句は、なぜ選ばれなかったのですか」と意見を求められることもあるからだ。それまでに、その句を音読する人の読みに耳をそばだてて、知っていた風の準備が欠かせない。そこに加えて符丁の数々。まったく、俳句も俳句だ。もう、いいじゃないか。二十年以上やってってもまだ、知らない言葉が出てくるのか！　なんだよ「一切」って！　逆ギレ気味に俺は手を挙げてしまった。

「『一切』ってなんですか」と。

やはりまあ、訊くしかないのである。まぁ、本来は難しい字があっても選句の際に、その場で漢和辞典を用いて調べればいいだけのこと。無学を開き直ってはいけないし、俳句に難解な字を用いるなよ、などと思ったりはしない（安直に、ただ思わせぶりに難読字を用いることには与《くみ》しないが、表現はどこまでも自由であるべきだ）。

でも時々、こうも思う。「披講しましょう」でなく「えーと、よいと思った句を言い合いましょう」と言ってしまうような認識でも、いいじゃないかと。それでも俳句（句会）は成立する。先の例だが、『ヒカルの碁』の主人公は碁石を「**コトリ**」とおずおず置くやり方で「**ビシィッ！**」の少年に完勝してしまう。いかにも漫画的な仕掛けあってのことだが、そのことは、囲碁の実力（本質）と、作法は実はぜんぜん無関係ということも示していて痛快だ。「披講します」「○○、選！」「桜（一切）」といった「言い方」に、慣れて馴染んでしまうことは、俳句の本質とは実は無関係だということを、頑固に忘れたくない。いつでも立ち戻ってオズオズとことに当たっていたい、ともなぜか思うのである。

で、桜（一切）の意味だが、ここにはあえて書くまい、辞書的に想像した通りの意味ではあった。

February 27, 2016

今日の一句

かりかりと蟷螂蜂の皃を食む

山口誓子

「読めない字」で必ず思い出す一句。蟷螂とはカマキリのこと。皃は顔のことだそうだが、その形だけをもってして、その字をここに使った甲斐があると、ずっと忘れずにいる句だ。みればみるほど、蜂のもげた頭部がくっきり浮かんでくる字の型ではないか。俳句は言葉以前に「字」を用いる表現だったのだ。

等

ラガー等のそのかちうたのみじかけれ

これは横山白虹という人の名句である。冬晴れの競技場、勇猛なラグビー選手たちが試合を終え、めいめいの肩をくみ勝利の凱歌を歌う。

横山さんはその歌の短さに感じ入った。ぶっきらぼうに終わった歌声に、スポーツマンの潔さ、清廉さを感じ取ったのだ。先刻まで試合で繰り広げられたであろう長く激しい動きとの対比の妙をも。

これが名句である、ということと別にもう一つ、この句から分かることがある。それは、横山さん自身はラガーじゃない、ということだ。完全に、ラガー側にいない。横山さん全然泥まみれじゃない。すごくそのことが、この句からは分かる。横山さんの「ラガーじゃなさ」はハンパないと思う。

五郎丸ブームのくる前からラグビーをずっと応援し続けている、俳句同人「傍点」の○子さんに聞いたのだが、ラグビーを応援する人は、彼らを「ラガー」とは絶対に呼ばないそうだ。僕はラグビーを特に応援していないが、分かる。他のスポーツを応援していてもそうだろう。錦織君を「テニスプレイヤー」、福原愛さんを「卓球選手」と「言う」ことはできるが、いわない。

今日《こんにち》、「ラグビーをする人」を「ラガー」という語で呼ぶのは、僕が見聞する限り俳句の世界でだけだ（『太陽にほえろ！』のラガー刑事も殉職して久しい）。

ラガーと「言う」ことは、かっこよくいえば「詩にすること」である。特定の誰かを「マラソン走者」「ボクサー」という言い方でとらえる。スポーツ選手ではなくても「役者」「チェロ弾き」と「言う」ことで、彼らが有名人であれ誰であれ等しく無名化し、その動きだけを言語でとらえたいのである。

だからファンは決していわない「ラガー」という言い方を俳句でするのは、まあ分かる（歳時記でも、ラグビー、ラガーは冬の季語になっている）。しかし、単に詩でなされるとらまえ方以上に（先の横山さんの句で）すごいのはラガー等の「等」という部分だ！ラガーが複数いるとき「等」と付けることは、別に日本語として間違っていない。でも、語呂は異様だ。ラガーラ。ラで始まったと思ったら次のラの音がすぐにやってきて、妙に印象づいてしまう。「複数のラグビー選手」という意味の伝達よりも先に「ラガーラ」というひとつながりの語のインパクトがきてしまうのだ。「ラガー等」という俳句を多くみるのは、俳句が五七五しかなく、四音だと都合がいいからだろう。「ラグビー選手」だと七音、「ラグビー選手達」だと九音も割いてしまう。ラガーラなら短く伝達できる、というわけだ。

……伝達、できてないんじゃないか。いや、できてなくない。けど、もう一つ余計に伝わってしまっていることがある。「ラグビーやってない感」が。

ただでさえ俳句を作るというのは「その人は当事者じゃない」感のある行いだ。カメラのシャッターを切ることに似て、その人は現場にいるけど参加してない人、ということになる。だから、まあいいんだ。いいんだけども。特にここでは、対象が肉体を具体的に駆使する存在なだけに、文筆というもののナヨナヨ感がことさらに露呈するのは作品自体の邪魔になる。僕は「ラグビーを俳句にするなら、実際にやれ、そうでないと本質は実感できない」と言いたいわけではない。ただ、まろび出てしまうその露呈について、自覚を持たないでいることを危ういと思う。歳時記をめくれば、誰かがああだこうだ考えて季語とみなしてくれた言葉がたくさん載っている。でもそこから語を取り出す際、それらを、また一から自分だけの頭で検証してもいいのだ。ラガーラは横山さんの句だけあればいいとさえ思う。

……とかなんとかいいながら、最近僕はラガー俳句を量産している。「ラガーラ」という語（を使う作者）の「モヤシっ子感」が面白いからである。五郎丸ブームで、ラガーの姿をテレビやポスターでよくみるようになったことで、ミーハーで安直な「見立て」ができるのもいい。

ポスターにラガー市役所出張所
地下鉄移動眼鏡のラガーであるらしき
ラガー等やラグビーボール持つは一人

……ラグビーをしていないどころか競技場にさえいない！　こうやって句にすることで、間違っても「ナガシマさんもやりましょうラグビー」と誘われることはないだろう。その意味でも有用な句作である。

January 26, 2017

今日の一句

ハートの女王も蛙の目借時

新井勝史

トランプの中のハートのQ（女王）も春は眠いといってるだけの句。「蛙の目借時」という長くてたっぷりした（意味も不思議な）季語を、愛のクイーンが余裕で受け止めた。五七五ではない、八九の破調が厳かさと間抜けさを生む。ところで、破調の句も十七音の場合には僕は「ハートのじょ／おうもかわずの／めかりどき」と、七五調を少し意識して朗読するようにしている。俳句は俳句に寄せて読み下す方が気持ちいい。新井勝史は「傍点」同人。

分からなくってよい

東京は代官山の小さなギャラリー「1／2GALLERY」にて詩と俳句の展示をすることになった。代官山駅徒歩十五秒（十五分でなく！）の好立地。それもう、ほとんど駅だ。逆にギャラリーでうっかり夜、布団敷いて寝てたら始発に轢《ひ》かれかねない。そして代官山のそんなところだもの、そりゃあもうあなた、たいへんにオシャレなスペースである。

僕の前にはミニチュア風写真で有名な本城直季氏の、その前は安西水丸氏の展示が開催された。わー、オシャレ。「その次、なんかやりますか」とただいわれたら、普通はやらない。

だのに、だのに、なぜやったか俺よ。それは、先方から「ぜひナガシマさん、やってください!」といわれたからだ。関係者が僕の詩の朗読を聞いて、熱烈に推薦してくれたのらしい。

それでさえしり込みをした。場所がおしゃれということもだが、詩や俳句というものは空間上の「展示」に向かないと思うからだ。「書」として飾るとか、絵とコラボレーションするのならまだ「眺める」ことができるが、文字をただ展示しても、本を読むのとなにが違うの、ということになる。タイポグラフィ的に工夫しても、あまり面白いことになりにくいんじゃないか。

「1/2GARELLY」の主催者と何度かミーティングの末、それでも結局、「ただ」詩と俳句だけをシンプルに展示することにした。詩も俳句も、既発表の作品と新作を5対5で出すことになった。

まず余談だが、詩の既発表作は、本連載読者にはおなじみ(?)smallest君[*1]とやっているバンドSUPERSTARSの曲の歌詞が「詩」として展示されることになった。主催者側に「こんな詩を書いてます」とサンプルを送ったとき、そのデータの下に間違いでくっついていたのだ。「これ、いいですね！」向こうでウケているので、アノー、それ詩じゃなくて歌詞なんで……とは引っ込めにくくなってしまっての採用。いきなりマンガみたいな話だ。ナンカコー、詩っぽくないコミカルな文言で、展示は恥ずかしいのだが、仕方ない。

で、俳句の既発表作は主催者側に選句してもらうことにした。

詩は、腹を括《くく》れる。というか腹を括るしかない。すべての詩にはそれぞれ巧拙があり、評者はいくらでも個々の詩を否定していいが、ただ一つ**「こんなの詩じゃない」という言葉だけは嘘だと思っている**。巧拙を問われることはあっても、詩はその人が「詩だ」とみなしたものはすべて詩だ、というのが僕の考えだ。たとえば冷蔵庫の説明書を朗読する詩人がいたら、ほぼすべての人にとってそれは説明だが、その人にとっては詩なのだ、と捉えることにしている。分かりにくかろうと分かりやすすぎようと、自分が「詩だ」と感じる今の時点での最善の言葉の並びを出すしかないのだ。

俳句は腹を括れないのかというとそんなことはない。始めたばかりの詩作と比べても、二十年以上やってるのだから自分なりの俳句観もあるっちゃある。でも（さっき「なにが違うの」と書いた癖にいうが）、句集（本の形式）で俳句を発表するのと、ギャラリーの壁にそうすることの間には差がある。句集は、少なくともそれをめくる人には「今から自分の目に飛び込んでくるのは俳句だ」ということだけは伝わっている。ギャラリーでは、もっとぼんやりした、あるいは意外な心持ちでテキストを目にするだろう。

写真や絵だったら、そうはならない。「句集に載っている俳句」と同様、ギャラリーに入る前の時点で「今から自分の目に飛び込んでくるのは絵や写真だ」ということだけは了解して入室するのだ。だから前衛的だったり難解なものがあっても、取り乱さない。へえ、とか、ふうん、とかいう「顔」ができる。俳句は言語だから、抽象画や前衛アートのように分からないということはない。「識別」は容易だ。だけど「理解や感じ方」はそのようにはいかない。絵や写真が「分かる表現」だけが良い表現ではないことと同様に、俳句もそうだ。だけども、前例のあまりない俳句の展示で、「分からない」表現ばかり並ぶのはいささか不親切にすぎやしないか。だから、俳句をしないギャラリーの皆さんに拙句集を渡し、選句してもらったのである。彼らが分かる句なら、ふらりと入ってきたいちげんさん（俳句の）も分かるということになる。

それで選ばれたのが、たとえば左記の句である。

くすぐるのなしね寝るから春の花
右頬に飴寄せたまま夏に入る
ため息を覚え少年夏の空
夏服で楽譜めくってあげる役
催しの収支とんとん秋日和
橋で逢う力士と力士秋うらら
美人だが面食いでしたちゃんこ鍋

この一連をみて僕は「あっ、そうなるのか。しまった！」と思ったのだが、なにが

「しまった」のか、皆さん分かっただろうか（散文的な句が選ばれるだろうことは予期できていたが）。

答え。先方の選んだ、ほとんどの句の季語が「春夏秋冬」という語の入った季語だったのだ！　春の花、夏に入る、秋日和。上記で「春夏秋冬」という漢字の入らない季語は「ちゃんこ鍋」だけだ。「無季」の句が一つも選ばれていないことも面白い（拙句集には無季句も多く、散文的に面白おかしい句が多いのに）。「俳句って季語がいるんでしょう?」という知識があるせいで、選べなかったんだと思う。「切れ字」の入った句も一つも選ばれなかった。俳句は作るのも難しい。でも**俳句をいきなり「いい」と「思う」のは、これもまた難しい**ことであるらしい。かといって、まったくなんにも選べないわけでもない。「言語」として分かることの範疇で、実に誠実に選ばれたのだ。

先方が選んでくれた句が「ダメ」だったわけでは、もちろんない（自分でダメと思う句を句集に収録するわけがない）。それでも、せっかく選んでもらって申し訳ないがと謝って、展示作は入れ替えさせてもらった。前衛アートや抽象画がそうであるように、醍醐味を知ってから分かる表現だってあるし、展示をみる人も、分からなくても即拒絶したりしない。……いや、むしろ俳句って即「下手くそ」みたいに言われうる（誰でも自分は「言語」は分かっているつもりだから、絵と違っていきなり「読み解きに自信がもてちゃう」のだ）。だからやはり不安なのだが、どうなることやら。*2

April 26, 2017

*1……ラッパーにしてデザイン事務所勤務で、「傍点」同人。本連載を依頼してくれた編集者でもある。現在は僕と（もう一人、トラックメイカーKUNIOと三人で）バンドSUPERSTARSを結成。緩慢に活動中。

*2……もちろん、現在は終了しています。「くまモン」で有名なグッドデザインカンパニーのプロデュースで、おしゃれに展示してもらえて大盛況。ほっとしました。

今日の一句

麦秋や背伸びして取る棚のもの

石田郷子

棚の上に物はいろいろあるだろう。取る理由も、いろいろある。取る物それ自体によって以後の動作はバラバラだが、取るための動作はいつも一つ。麦の季節に、そのまっすぐな生え方から自分の動作を（いつもする動作から、日々の暮らしの中のある一点を）改めて想起させられる。ただごとのスナップのようで、ピントの合わせ方（ものをボカして動作にあわせた）に、俳句の甲斐がちゃんとある。

第2章　俳句は他人とできる

「NHK俳句」の話

「NHK俳句」をみたことがある人はどれくらいいるだろう。早朝、教育テレビ（現在はEテレという）で放送している地味な三十分番組だ。俳句にまつわる番組だから、俳人達は皆みているかというと、僕の周囲の俳句仲間に関していうと、全然だ。皆、番組の存在は知っているが、特にみたりしない。句会でも「NHK俳句で褒められそうな句」という評をしたりする（もっぱら、向日性のある、おとなしい句をいうことが多い）。「NHK俳句のような読み方」という言葉もある。本職のアナウンサーが、抑揚を付けてかっこよく俳句をゆっくり読み上げるような、という意味だ。**「『ちょうど良い木の棒』と思う冬の棒」**みたいなバカバカしい句（拙句です）をわざとNHK俳句調に読み上げると座が沸き立つ（同じ句を二度繰り返して読むのも真似のポイントで、二度目の抑揚が少し変わるのが醍醐味と、これは千野帽子[*1]氏の言葉）。

たとえば身近に「野球をしている」人がいたらそれは大抵、地元の草野球だろう。会社の野球部に所属したり、稀にはプロ野球選手もいるか。でも、まあすべて同じ野球だ。球場やボールの規格はある程度統一された中、同じルールであれをやっている。

「俳句をやっている」人は、そうではない。一口に俳句をしているといっても、人によってやり方は様々だ。結社や同人に入って句会をする人と、新聞の俳句欄にずっと投稿し続ける人との間にはどことなく隔たりがある。参加の仕方だけではない、作品にも差があらわれる。「お〜いお茶」のペットボトルに載っている俳句と、新聞と、「ＮＨＫ俳句」と、それぞれに「その場所」のムードが別々にある（結社や同人での句会参加も含め、そのすべてを網羅しているという俳人にはなかなか出会わない、やはりめいめいが居場所を定めているのだ）。ここでは、本職の俳人たちがあまり語らないＮＨＫ俳句というテレビ番組の面白さ、不思議さを語りたい。

2005年にロスのホテルで深夜にみた「NHK俳句」を覚えている。ロスでは日本人向けにNHKをやっていて、時差のせいか深夜になるのらしい。異国のホテルの真夜中の気配に、淡々と静かな番組が妙に似合っていた。だが、途中の「添削コーナー」をみて、旅疲れでぼんやりした気持ちがはっとした。視聴者から送られてきた投稿句のうち、入選できないレベルの句をフリップに用意して、赤マジックで先生が直していくのだ。

「ここは、助詞が『の』ですとぼんやりしますので、切れ字の『や』にしまして……」とか、先生の口調はおだやかだが赤マジックはがんがん入りまくる。えー、いいんですか？　そのときの句を忘れてしまったが、（元の方がよい句だったんじゃ……）と思ったのも覚えている。視聴者と番組という関係において、そんな過激なテレビ放送を、ちょっと思いつかない。街頭インタビューに登場した一般人のファッションセンスをピーコがダメ出しするとか、そういうのはあるけども、あえて過激な口調でダメ出しをしているバラエティのそれと比べても、あくまでも静謐な様子でばっさり否定する方が印象が強い（この「添削コーナー」は事前に、添削してよいかどうか句の作者に確認をとっていると後で教わったが）。なんだか忘れがたかった。

その直後くらいだろうか、「ＮＨＫ俳句」へのゲスト出演依頼があったのは。出演に際し、僕は自らお願いした。「あの添削コーナーで、僕の句も添削してください！」と。絶対に、そうした方が面白いと思ったのだ。

先生は面食らっていた。長い放送期間において添削をお願いしたゲストは僕だけだったらしい。フリップも記念に持ち帰った。それから数度出演して、そのたびに添削してもらっている。もらっておきながらこんなことをいうのもなんだが、添削前と添削後で、どっちが「良い」句か、分からない。たとえば「**見られれば歌うのやめる寒の明**

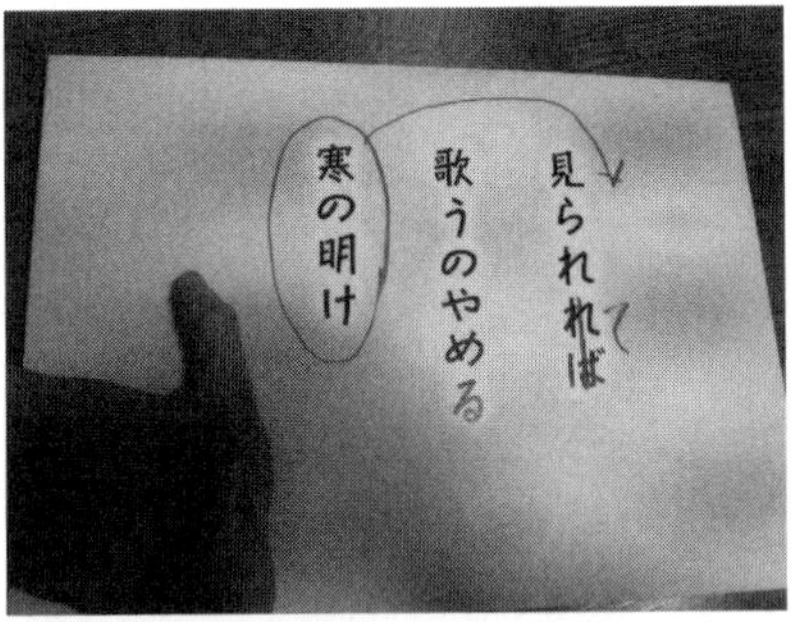

実際に番組中に添削してもらったフリップ。フリップの背後の淡い色合いも番組らしさを表してます。

け」という自作は添削によって**「寒の明け見られて歌うのやめる」**と、かなりの破調になった。

先生は「たら、れば」をいうと説明的だからと嫌ったのだろうが、五七五のリズムは捨てたことになる。なにをより優先するかという先生の考えが窺える。でも、これは放送内でもさすがに「え、これでいいんですか?」と聞き返してしまった。……「いいんです」と先生がきっぱり仰ったのは(元々大したことない句だから)ということも含意されていたかもしれぬが。


「ぼた雪をみる目の黒し雪達磨」は、**「降る雪をみる瞳濃し雪達磨」**と添削された。こっちはなんだか分かる。助詞を減らしてシャープにし、(動かない)雪達磨に対して雪を「降る」とすることで景色に動きを与えて対比させたのだ。

しかし、ロスで僕が思ったように、アノー、前ので別によくね? と思う人もいるはずだ。それはしかし、「添削なんて無意味」ということではない。前の句がよくみえるのにも理由がある。人はわざわざ脳をつかって記憶したものを、それだけで少し愛しく思うのだ。だから既に一回覚えた句の方が、後のプランよりもわずかに愛しい。また、一人だけの力で生まれたものの方が、（下手くそでも）無垢なものにみえる。だから「他者」が赤マジックを入れる現場にヒヤリとした気持ちを抱くのでもあろう。

俳句は数学ではないから「正解」はない。街頭で二択のアンケートをとったら、先生が直した句がよしとされるとは限らない。先生も、先生だけど、同時に実作者だ。投稿者たちと同様に目下、俳句を作り続けている途上の人だ。だからこそ、こっちが「よりよい」と（自分の思うところを）毅然と言い放つ。その姿が、みどころだし、先生達の先生としての矜持を感じさせるところだ。静かさの中に生々しいライブの面白さが添削コーナーにはある。

それで、2014年8月、夏休みスペシャル（?）ということでまたしても出演することになった、僕が。しかも三週連続でだ。普段の放送と趣向を変え、視聴者からの「今さら聞けない質問コーナー」を設けるという。僕はなんというか、初心者代表だ。

今回は添削はしてもらえなかった。3日に放送された季語の回は視聴者の「今さら聞けない質問」がつまらなくてのらなかったが、二週目三週目は面白かった。

放送内で、こんな質問があった。

「切れ字を二つ使ってはいけないのでしょうか」

リハのときにどう答えたらよいか悩んでいた先生だが、本番では簡潔に「切れ字は一句に一個です」とだけ答えた。実際には俳壇でも議論がある問題だ。切れ字「や」と「かな」を一句に二つ用いた名句というのもある（興味あれば各自で調べてください）。

本当は、楽屋で聞いた先生の考えのすべてを聞かせたいものだったが、短い放送時間で持ち出すには難しいところだった。放送中、なるほどなるほどと相槌をうちながら、僕は僕で思っていたことがある（やはり収録時間が短くて言えなかった）。

「切れ字を二つ使ってはいけないのでしょうか」と質問せずに、やってみたらいいじゃん、と。なぜ可否を他人に問うんだろう。切れ字を二つ使った句作にたくさんトライして、人に評価を仰いで、反応をみて、実感すればいいいんじゃないか。

既に先人のトライがたくさんある世界だ。釘に弾かれたパチンコ玉が大抵は下の口に吸い込まれるように、「切れ字は一句に一つ」という、大勢がたどり着く結論に、やはり達するのかもしれない。

でも、やってみて実感した失敗は無駄じゃない。僕は結社に入らず、新聞やテレビにも投稿せず、我流で勝手に俳句を作ってきた。切れ字どころか「なんで五七五なんだろう」というところから疑った。たとえば歌謡曲でも、七五調で朗々とした歌なんてほとんどなくて、もっと言葉を詰め込んだJ－POPが席巻しはじめた時代だ。僕は五九四の俳句をトライしてみた。それで、五七五が強いなと実感したのだが、教わったのではない実感を得たのだ。どうして五九四は弱くて五七五が強いのかはここには書かない。皆も、めいめいで実感すればいい。誰も禁止していないし、失敗しても笑われるだけで死なない（そして笑う奴など放っておけ）。

また、そのように我流でやるのは「ＮＨＫ俳句」のように添削するやり方を否定することでもない。この番組は生放送ではないが一発撮り（三十分の番組を三十分で収録する！）のスリルの宿った、静かだがエキサイティングな放送だ（添削コーナーがフリップに手書きでなくなったのがとても残念だ）。[*2]ニコニコと学ぶ姿勢で、どさくさで図々しく添削してもらうようなふるまいで、僕は「そこ」とも繋がっていきたいのだ。

August 06, 2014

＊1……著述家（「傍点」同人でもある）。同著者の『いきなり俳句入門』（ＮＨＫ出版新書）は俳句への固定観念を拭い去って身軽に俳句に挑めるオススメの入門書である。

＊2……２０１９年現在の「ＮＨＫ俳句」は三十分番組ではなく二十五分。そのせいか「同じ句を二度繰り返して読む」ことがなくなった。また、添削コーナー自体もなくなってしまっている。

今日の一句

いくたびか半分に切るメロンかな
亀山鯖男

メロンは一人で食べる果物ではない。一人で一個食べない。必ず分けて食べる。それが二人ならまず半分に、三人ならもう一回半分にきって（一つにはラップをかけて）、四人以上でも、いくどかは「半分に」切る。作者は、あるときある一つのメロンに具体的に起こった（起こした）ことを句にしたのかもしれない。だが、常に起こる、起こってきたメロンというもの自体のことがここに残った。食べられる前のメロンと、メロンにむかう人の気持ちや所作までがずっと保存された。西瓜も同じように切るが、この句は生まれないだろう。（一太刀で）そうしているスムーズさが、俳句の短さのテンポと結びついている、だからメロンにのみ似合っているのだ。

たった五七五の冴えたやりかた

句集『春のお辞儀』を刊行した。二十年超の作品をまとめた第一句集だ。刊行にあたって、僕は身近な俳句仲間たちに声をかけて同人「傍点」を結成した。句集の巻末の「略歴」の最後にもそのように書いた。**「一四年　同人誌『傍点』を立ち上げる」**と（実際にはそう書いてから、身近な俳句仲間に声をかけたのだが）。読者の多くは「へぇ」とか「そうなんだ」と思っただろう。句会イベント「東京マッハ」[*1]仲間の米光一成さんだけが、疑義を呈した。「同人誌を立ち上げる」ってどういうこと？　と。

僕は思った。バレたか、と。

作家や俳人や詩人の履歴によく載っている、普通の言い方は**「＊＊年　同人誌『〇

○』を創刊」だ。志を同じくする者が集まって、ともに俳句を（詩を、小説を）やろうぜとなったとする。そしたら、その活動を発表する雑誌を作る。刊行したら、それこそが活動の始まりだ。「履歴」に書き残すのもそこからだろう。

あるいは、バンドで考えてみてほしい。「俺らでバンドやろうぜ！」「いいね！」仲間同士、居酒屋で盛り上がった。そこまではまだ「デビュー」ではない。なにもしてないから、履歴にも書けない。「バンド名はどうする？」「＊＊にしよう！」バンド名が決まる。ここまでもデビューではない。音源を発表するか、ライブハウスで演奏する。そこからがそのバンドのデビューであり、履歴の始まりだ。サザンオールスターズなら「七八年『勝手にシンドバッド』でデビュー」だ。「＊＊大学軽音楽部のメンバーで結成」と書かれることもあるが、それは功なり名を遂げたバンドの履歴にのみみられることで、まだ結成しただけで「結成」とうたう履歴は、おかしい。

僕が句集の巻末の略歴に「同人誌を立ち上げる」と書いたのは、居酒屋で盛り上がり、せいぜいバンド名を決めた時点で「デビュー」と書いたに等しいことなのである。だが、ギリギリ嘘は書かなかった。「同人誌を創刊」とは書かずに同人を「立ち上げ」たのだ。居酒屋で「やろうぜ！」と言い合ったと（嘘じゃなーい、セーフ！）。そういうことを見逃さない米光さんに対し、感嘆と舌打ちを覚えつつも、そうまでして略歴に書きたかった理由を（そんなの読みたい人いるか分からないが）今ここで語ろう。

先のバンドの例だけど、居酒屋で急にバンド結成話で盛り上がるとき、そこにはとても甘美ななにかがあるはずだ。楽器ができない者も、先々練習するという前提で（苦労をまるで考慮しない軽薄さを伴って）「おまえベースな」「できるよ大丈夫」などと励

私、まされ、そうかなーエへへとなる（できる気になる）。「（はいっ！　と不意に挙手して）私、小学五年までピアノ習ってた！」「お、○○ちゃんはキーボード決定！」「おいおい、言っとくけど、バンド内恋愛は無しだからな」「ハハハ」みたいに言い合う。そこにはときに理想の高い奴もいることだろう。「俺、女の子がキーボードってバンド、嫌いなんだ」「女の子がギターかドラムってのがいいよね」「えー、できるかなー」「できるよ、大丈夫」「あ、こっちウーロンハイおかわり！」……。

「今」している話なのに、誰もが最良の「未来」だけを思い、気持ちはとろけあう。小さなライブハウスの楽屋の壁にサインをする夢想から、アルバムリリース、ハイエースから移動は新幹線に、相次ぐ取材、表紙、二万字インタビュー、武道館公演まで「すぐ」だ……。

それを、やりたかったのだ！　思っているうちは、最高の活動になる。本当にしたら、必ず、最高「ではない」ルートをたどることになる。つまり、本当に同人誌を作ったら、大変だし、特に面白くない。

もう僕はその大変さを知っている。90年代に一度、俳句の同人誌をやったから。いや、実際には、「特に面白くない」ことはなかった。むしろ、面白かった。そこでは僕は若造で、編集長ではなかったから苦労が少なかったというのもある。それでも、InDesignの前のQuarkXPressを遅いＭａｃにインストールしてＤＴＰを手伝ったり、十条にある印刷所に受け取りにいき、出来立ての同人誌を抱えて喫茶店にドカドカ入り、流れ作業でせっせと封筒に詰めて発送する地味な作業も楽しかった（僕はいつも切手貼り係だった）。その紙面がまったくの無価値だったとも思わない。対談や読み物など、今めくってもみどころがある。当時の年上の面々のセンスやみなぎりをみてとることもできる。だけどもそれは持続しなかった。刊行ペースは緩慢になり、同人も減り、やがて出なくなった。

無意味ではなかったが、ヒットチャートに武道館といった「絵に描いた」ような空想上の成功にもならなかった（そんなの当たり前で、いくばくかのやりがいを見いだせれば十分なのだが）。その後、誰かから俳句の同人誌をもらうことが何度かあったが、ろくにめくったためしがない。どの同人誌にだって、志や、かつての我々が盛り上がったのと同じワクワクをうっすら感じ取れる。

でも、まあ、ほとんど読まない(俳句は、多すぎる)。それで気付いた。せっせと郵送していた自分達の同人誌も、きっとほぼ、そうされてたんだ。当たり前に。

今、ともに俳句をする若者から感じ取る熱気に、僕は覚えがある。自分が高揚していたときに内側から出ていた熱を今は外から感じ取っている。

そして今は僕は年上だ。かつての同人誌の編集長達みたいに、持てる力や経験を発揮できるときだ。だけど僕の経験には苦さもすでに込みになっている。「ほぼ誰も読みやしない」「続けるのが大変な」同人誌というやり方を、同じに踏襲していいのか。判型を変えるとか、ビジュアル的な要素をいれるとか、過去のやり方での停滞を踏まえ、さまざまにオルタナティブなトライをする人もいるだろう。でもそもそも「同人誌を創刊する」こと自体から疑ってもいいんじゃないか。

「同人誌を出さない」というアクション自体が批評にもなるという考えは、句集の略歴を書くときに明確に定まっていたわけではない。「なにかを立ち上げた」と、まず「言って」、それから考えよう。句集は一冊出したら数年から、長ければ二十年後くらいまで二冊目は出ないものだから、ずっとその略歴が名刺のように人の目に触れ続ける。居酒屋で「東京ドームで一曲目からドラムセット破壊して」「またしても俺ら、伝説を作ってしまったな（←過去形で）」とかいいあってる軽薄さを、本気で思って書き記したのでもある。我々が無邪気に、夢みるときの初めに抱く**「甘くとろける最良の未来」**は、バカにするようなことではない、むしろ飛躍のための大事な鍵だ。その恍惚を持続するためにはどうするか。「正解」し続けるしかないのだ！

たとえば同人誌ではなく、「（少しでも）読んでもらえる」場所でやろうと志向する。そうでなければ、かつての経験を踏まえたことにならないし、踏まえないのならばそれは、なんの経験だったんだよ、って話だ。

そんなことを思っていたらこれがあなた、おあつらえむきの話がきたんですよ。小学館のムック本『Fライフ』の次号にて、藤子・F・不二雄句会を行い、藤子F俳句を掲載する。それが我々の同人「傍点」のデビューということになった。

それ！　そういうの！　我々は、主に「ギャラが出る媒体」で俳句を披露するイロモノ的な集団になろう。ただ同人誌を出すよりも多くの目に触れるし、素通りされて（読者がいなくて）もギャラがあればモチベーションになる。これまでも僕は『ダ・ヴィンチ』だとか『東京カレンダー』だとか、さまざまに変な場所で俳句を頼まれ、こなしてきた。それは他のまっとうな俳人がしていない（というか普通、しない）経験のアドバンテージでもある。そんな変な「やり方」で経験を積んでしまった若者が二十年後にどんな俳句を作り語るだろう。「傍点」一座の俳句に以後、ご注目あれ、というわけだ。

ところで、なぜ「傍点」という同人名にしたのかは、ここか、どこかで語ります。とっさにつけたので、これまた後付けのこじつけですが。

September 24, 2014

＊1……このあとも何度か本文に登場するが、千野帽子氏の呼びかけ

で2011年の3月に渋谷で行った句会イベントが「東京マッハ」（千野氏、米光氏、俳人の堀本裕樹氏と僕がメンバー）。俳句の句会そのものを観客にショーとしてみせるという、やってみるまで本当に面白いのか誰も分からない催しだったが、蓋をあけたらこれが大盛況。以後、二十回超の開催を数え、チケットが即完売する人気イベントになっている。句会がショーになるという発想もだが、イベント名に「句会」と入れないセンスなども千野氏の卓見である。

初回が震災直後の催しで、客席との一体感が異様に高かったことも、評判を生み人気イベントになっていった理由だと思う。

今日の一句

手は膝の上に置くなり栗御飯

鈴木菜実子

手、膝、上、置く。助詞の間に短く入る単語がリズムを生み、栗御飯に向かう気持ちや、栗御飯それ自体のことを表しているかのようだ。俳句は省略が大事で、これは「手は膝に」まで縮めてもよさそうだが、ときには「わざわざ」言わなければ、かしこまった気分にならない。意味だけをとれば、お行儀のよさ＝子供の様子を描いた句だと解釈する人もいるだろう。俳句の中でそういった「かわいい様子」や稚気を描くと、すぐ「子供たちの様子」と解釈されるきらいがある。そうではない、大人が作った句なら、それがどれだけかわいらしくても無邪気でも、本人の発揮した稚気だと僕はいつも思うことにしている。鈴木菜実子は「傍点」同人で心理学者。

ブーメラン句会

小学館に「ドラえもんルーム」という部署がある。さすがは国民的キャラクター、版権管理なども含め、出版社内に専門の部署ができるほどなのだ。

普段、僕は別名で漫画評を生業としている関係で、「ドラえもんルーム」にも時々お世話になる。そこの徳山雅記さんはドラえもんに精通しているのみならず、ブーメランの第一人者でもあった。なんでまた出版社の人がブーメラン？　と思うところだが、ここに限って必然性はある。

徳山さんはかつて、小学館の学年誌『小学一年生』の編集者であり、雑誌のフロクを長年、作り続けていたのだ。紙やゴムなどの限られた素材で、いかに子供をワクワクと喜ばせられるか、毎月悩み、苦闘し続けたという。

ブーメランは厚紙で（単に素材が簡素なだけでない、子供の技量に見合った簡便な工作で）作れるから、雑誌のフロクにうってつけだ。その年ごと、たとえばテレビゲームが流行ればゲームキャラクターの、漫画がヒットすればその漫画にちなんだブーメランを工夫し、改良を重ねてきた。自身の好奇心も旺盛で、勉強もしている徳山さんのブーメラン話は本当に面白い。

そしてまた、徳山さんに投げてもらったブーメランが面白いくらいに戻ってくるんだこれが。ラジオ番組のゲストにきてもらい、スタジオ内で、学年誌のフロクを投げてもらったのだが、たまげた。ブーメランが戻ってくるということはすでに「知って」いた。有名だ。西城秀樹の1977年のヒット曲「ブーメランストリート」を例に出すまでもない。

ブーメラン　ブーメラン
ブーメラン　ブーメラン

きっとあなたは戻って来るだろう

ここでもブーメランは「戻ってくる」ことの象徴として歌われている（……出すまでもないんじゃなかったのか、例に）。だがそのように「知っている」のと、みて分かるのは別だ。僕は感動した。

それで「ブーメラン句会」である。

「傍点」の面々に呼びかけた。**「おい、めぇら、皆でブーメラン投げっぞ！」**と。徳山さんに指南役になってもらい、ブーメランを投げよう。屋外での吟行《ぎんこう》もマンネリ化していたことだし、たまには体を動かすのもいい。

これまで、季語の豊富な田園地帯や、植物に囲まれた庭園で句会をしたことがほぼない。都心暮らしのくせに、俳句を作るときだけ、そういうところにわざわざ身を寄せていくのがわざとらしく思えたからでもあるが、単に出不精なだけでもある（特に主催者が）。

逆に霞が関とか秋葉原とか、わざと季感の薄い都心で吟行したりもしてみた。それはそれで面白い句が出てきたが、繰り返していくと、それもオルタナティブなことではなくなっていってしまう。
場所を選んでいくやり方、それ自体に限界があるのではないかと思っていたころの思いつきだ。ブーメラン（に感動したこと）と、句会とを結びつけたとき、勝算があったわけではない（その句会でよい句が生まれるか、まるで分からない）。しかし、少なくともブーメランは「景色」と不可分のものだ。ブーメランを投げたとき我々が視界に入れるものはブーメランだけではない。必ず景色をみつづける。きっと俳句に向いている。そして句会として成功しなくてもなお、ブーメランが楽しいという経験は絶対に残る。誰も損しないしリスクがない。ならばやらない手があるか。

徳山さんは雑誌のフロクだけでない、競技用の本格的なブーメランをたくさん所持しているという。ラジオ出演してもらったのが年の後半で、思いついたのが真冬だったので、開催を春まで待った。つまり、この時点で僕なりに「季感」を考えたのでもある。ブーメランは、冬じゃないだろう。単純に、凍えちまう。真夏のブーメランもなんだか辛そうだ。きっと春だ、と。

句会開催前、徳山さんからの最初の指南は「ブーメランは早朝しか投げられない」だった。ブーメランは物によっては60〜80メートルは飛ぶ（数字だけ聞いても、にわかに想像しがたい）。その挙動を、投げる者も完全にはコントロールできない。道行く人に当たってしまうことがある、と。都心でブーメランを投げたいならば、草野球チームがくる前の朝七時に多摩川に集合しなければならない。ブーメラン句会は、我々には初の早朝句会にもなったのだった。早起き無理！　と早々に不参加を決め込んだメンバーもいたが、おおむね都心のメンバーは眠たそうな目で集まった。

徳山さんから具体的な指導を受ける。ブーメランには裏表があること。フリスビーのようにではなく垂直に投じること。右利き用なら必ず左に旋回するので、「風の右側」に投じるべしということ。初めて知ることばかりだ。ブーメランそれ自体にこらされたさまざまな意匠にも感じ入る。

それから、皆、投げた、投げた。ブーメランを。

大勢でブーメランを投げると、どうなるか。ご存知だろうか。

皆が皆、無口になっていくのだ。それぞれのブーメランが他のメンバーに当たらないように、互いの間隔が広がっていく。会話する相手が一様に遠くなる。することは、上手にブーメランを飛ばすことだけになる。

ブーメランを投げる我々。朝陽がまだ低いから影が長い！

ブーメランを投げる前から僕は、能村登四郎の有名な**「春ひとり槍投げて槍に歩み寄る」**を思い出していた。青春の孤独を活写した名句だが、槍と異なって、投げたものが戻ってくる場合、それはどんな感慨を起こし、どんな言葉になるだろうか。

ところが、そもそも皆、投げるのが下手で、なかなかうまく戻ってこない。行きっぱなしで戻ってこないブーメランもあれば、戻りすぎて背後まで追いかけることも。つまり、**春ひとりブーメラン投げてブーメランに歩み寄る**者が続出！　自分で投じたのに、自分のしたことではないみたいだ。

「ブーメランは一人で遊べるが、仲間がいた方がいい」と徳山さんはいう。「戻ってくるブーメランを上手にキャッチできたとき、それをみていてくれる人がいた方が楽しいからだ」と。たしかにそうだ。だんだん皆、周囲をみる余裕が出て来て、それからは拍手や笑い声が絶えなくなった。

九時に草野球のチームがやってきて、ブーメランはおしまい。思いのほか激しい運動となり、あとの句会は昼からビール、ワインに手を出す者が、やはり続出。さてさて、どんな俳句ができたか。

■「傍点」ブーメラン句会（抄）２０１５年４月12日於多摩川沿い

苜蓿舐めて戻らぬブーメラン　**徳山雅記**

春郊に投げるものみな閃めけり　るいべぇ
靴下の替えはないなりブーメラン　smallest
風の右側蛍光色のブーメラン　鶴谷香央理
蒲公英を踏まずには取れぬブーメラン　まる子

……名句誕生かというと、まだまだかもしれないが、佳作くらいのものはできたんじゃないか。

ブーメランを春の季語とみなして作句してもよいことにしたが、そちらはもっと難しかった。ブーメランという言葉にインターネット上の符丁（自分の発言で墓穴を掘ること）を想起してしまうせいもある。

風の少なさも含め、ブーメランに好適の日和だった。あとで徳山さんはしみじみとつぶやいた。「ブーメラン

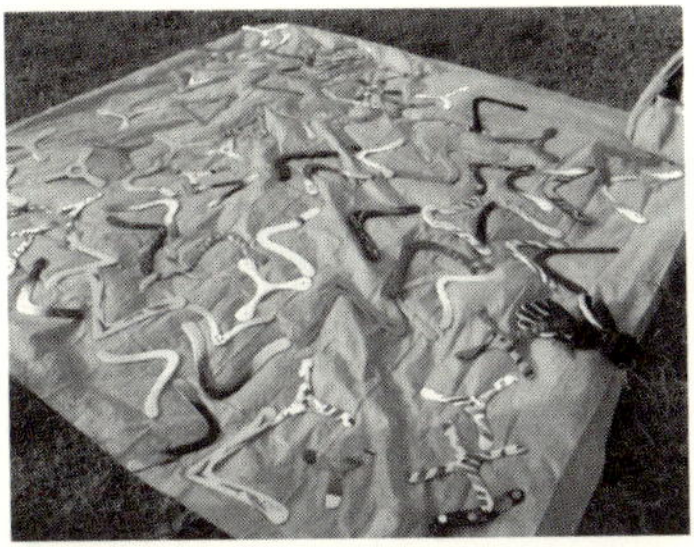
徳山さんのブーメランコレクション。壮観！

は春ですね」と。ブーメランは春の季語、といつか大勢にみなしてもらえるよう、今後もまたトライしてみるつもりだ。

May 26, 2015

今日の一句

蚕豆やホースで洗う足の裏

黒木理津子

実際にはホースで足を洗えるわけではなくホースの水で洗うのだが、その瑕疵《かし》を差し引いても、幸福すぎない多幸感が満ちあふれる。動きと色と水分、気温から食欲まで、すべて健康的にめざましく立ち現れる句で、『ビッグコミックオリジナル』2019年6月5日号の表紙掲載句となった。黒木は「傍点」のホープ。

トーナメント！

俳句が面白くなる肝は俳句単体ではなくて「句会」にある。そのことは前から薄々分かっていたのだが、「東京マッハ」に参加したおかげで（句会を啓蒙するイベントなのに）前以上に啓蒙されてきた。

新聞の俳句欄に投稿を続けることでも、もちろんモチベーションを得られるし無駄ではないだろうが、緊張感のあるメンバーで真剣に、かつ楽しく議論できる。そういう「場」があればこそ、句を作るときも慎重に、または大胆になれるだろう。

だが、その「句会のやり方自体」について、自分と世の俳句界の間には大きなズレがあることに気づいた。

それは「点数への異様な拘泥」の強さだ。

「東京マッハ」で僕がちょっと驚いたのは、点数をあまり皆、意識していないことだ。その前に「普通の句会」のやり方を説明をしよう。

参加者全員が匿名で俳句を出し、一覧にして、今度は参加者全員で点数をつけていく。たとえば参加者八名で六句ずつ出し合ったら、四十八句が一覧になる。自分以外の四十二句にたとえば「特選（◎）を一句、並選（○）を六句、計七句」などと決めて、点数をつける。点数によって「優れた句」を表出させるわけである。最高点をとれば嬉しいし、そのことは一つの目標にもなる。

「東京マッハ」もゲスト含め五、六名で六句ずつ出し合い、同様に点数をつけあう。最高点をとったら拍手されるし、最高点句の作者には「次回の句会のお題を出す栄誉」が与えられる。

え、それだけ？　総合点は？　と僕は思った。だって、一人六句も出しているのである。たしかに、最高点句は四点とった米光さんの句かもしらん。だが俺のこの句だって三点とってる。こっちの句は二点で、これとこれは一点だから合計では俺の方が上の点数かもしれないだろう。

「総合点で決めないの？」言ってみたら、他のメンバーにポカーンとされた。あー、そうだった、そうだった。それまでしばらく（四、五年近く）句会をお休みしていたので、忘れていた。

句会にとって「点数は便宜」だ。大事なのはあくまでも評の言葉だ。だから、かつて参加していたさまざまな句会でも、称揚されるのは最高点の一句を出した人だけだった。次点句、三位の句なんかも同じ人がとった場合「今回は○○さんの独壇場だなあ」「絶好調だね」なんて言葉が漏れたりもしたものだけど、それだけだ。

全句につけられたわずか一点の句までをチマチマ集計して、総合点で一位○○さん、二位××さん、なんてやったりはしない。ましてや「カウントダウン形式にして発表」とかしない。「ブービー賞は、○×さんでーす」「万年ブービーだなあ、おい」「ハッハッハ」みたいなやり取りもない。普通は、しない。俺の句会だけだ、そんなことを真剣にやって「点数」に異様に拘泥してんのは！

繰り返すが句会における「点」は便宜だ。特に並選は。

大抵の句会で「特選（◎）」「並選（○）」という選び方をする。特選は「一番いいやつ」だ。並選はその次くらいにいいやつで、そのときの句数次第で数句選ぶけど、特選は常に一句（主宰がいる結社などでは、先生の「特選」「二席」「三席」「佳作」などという風に順序がつけられるようだ）。並選はその句会で「二番目にいい句」から「X番目かにいい句」という意味だ。つまり、並選を合計して十点とろうと、その点数は「何番目かにいい」というあいまいな評価の集積でしかない（明らかに、一番いい句ではなかったという意味でさえある）。特選二つを得た句と、並選六つ得た句ではどちらが本当に良い句か。だから、合計点なんかで浮かれているのは素人だ。そんなことはやめるよう戒めた方がよい……のだが、先の東京マッハの楽屋のやり取りの通りだ。

僕が点数に固執しているのだから、同人メンバーも倣《なら》ってしまって仕方ない。でも、

「正確な選」なんてないのだ。俳句は数式じゃないから。点数への拘泥も、行ききるところまでやったらどんな句会になるか。いっそ「並選がない」句会はどうだろう。でも特選一句を選ぶだけだとさすがに、話し合うきっかけがなくなってしまう。

そのように思案していった末、ツイッター上で、「タイマン甲子園」というのをやってみている。一対一でする句会だ（句を出した者以外の大勢が選句に参加する）。並選というものを排すると議論をしにくくなる理由は、一回の句会に出てくる句数が多すぎるから。でも、句数を減らしてしまうということは、参加人数を増やせないということだ。だったら、選ぶ人を多くして、句を出す人を減らせばいいのではないか。タイマンの喧嘩と、それをみつめるギャラリー（選句「だけ」する）だ。

何度か「タイマン句会」をやってみたら、やはり面白かったし盛り上がった。それで思った。だったら「トーナメント」ができるぞ！　と。

僕は漫画が好きだが、『キン肉マン』や『ドラゴンボール』『ハチワンダイバー』など読んでいると、突然本筋と離れた「トーナメント」の戦いが始まる（『ケンガンアシュラ』のように徹頭徹尾トーナメントという漫画もある)。僕はこの「トーナメント」が大好きだ!

漫画は常に「主役と脇役のやり取り」だが、トーナメントになると必ず、「脇役対脇役」が描かれる(描かれざるを得ない)。筋は停滞するが、漫画の世界は大きく膨らむことになる。皆さん、普通に生きていて「トーナメントで戦う」なんてことがあなた方の人生でこれまで、そしてこれからも、あるだろうか。

トーナメントの渦中にいるとき、人生はつかの間、横に置かれる。当初のもくろみも試すことができる。「並選が複数ある」ことでボケてしまう部分も、タイマンで一人二句、計四句だして、選ぶ人は「一句」すなわち特選のみ。並選というあいまいなルールを排して、点数の意味を純化してみたかったのだ。そして、勝ちと負けを「便宜」でなくしてみる。いい句(とされる句)が(単に称揚されるのでなく)「勝つ」ことも、端的に「俳句のため」になりうるのではないか。

やってみたら、これが、熱い!

第97回 全国なんでしょうタイマン句会選手権大会

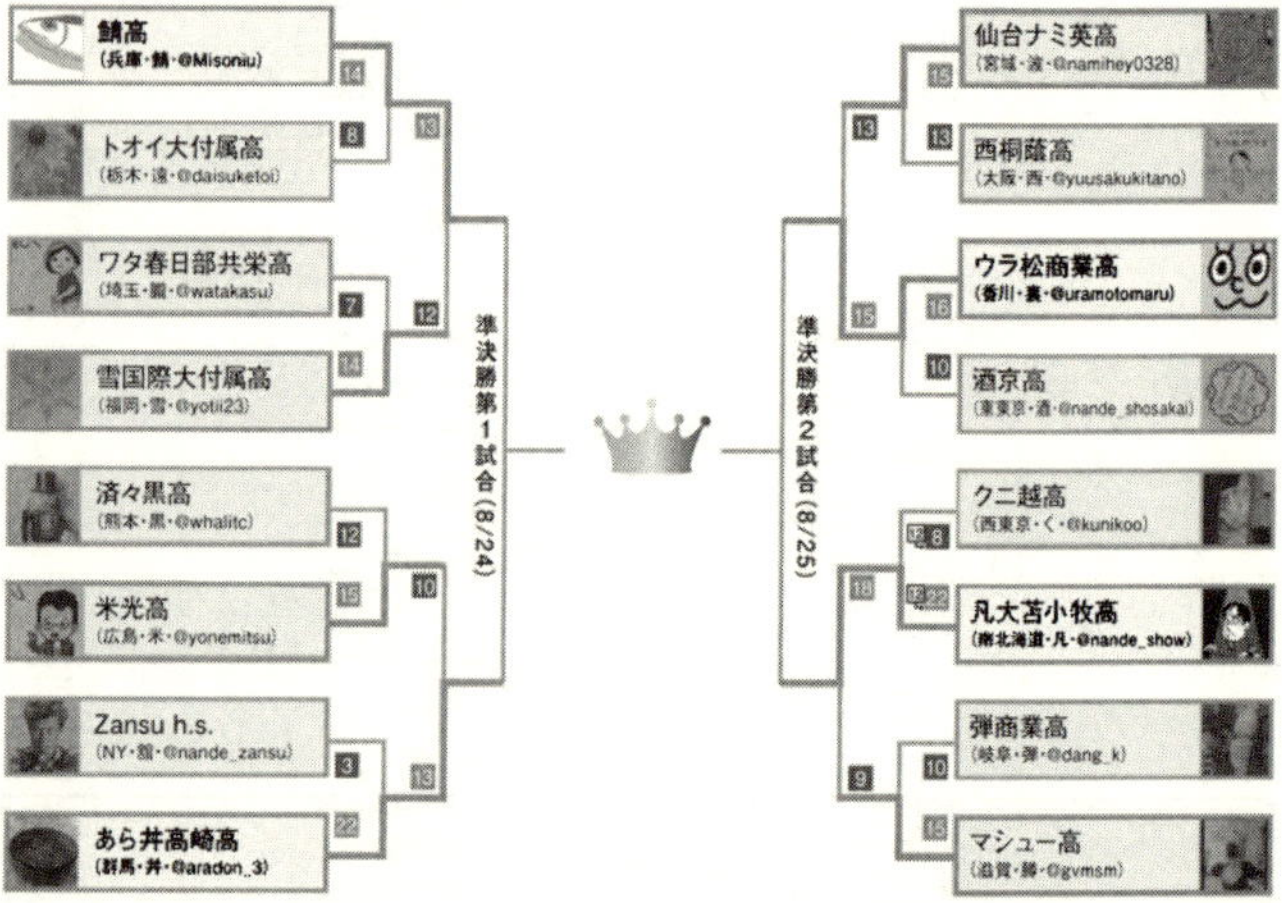

トーナメント表。高校野球ではありえない、怪しげな学校名ばかり。

高校野球を可能な限り模し、参加者はそれぞれのご当地を背負ってもらうことにしたせいで、ギャラリーの応援も熱が入る(ツイッターは全国の参加者がみられるから余計に)。勝った者はニセの校歌を即興で歌い、ウグイス嬢は澄まし声をあげ、選句する者の言葉も野球になる(場外ホームランかファウルか喩えが分かれたりする)。そういう「パロディ」行為は、作る俳句と本来無関係だ。だが、作句するものの気持ちには作用を与えるはずだ。

ついさっき、真夜中にツイッターの画面をみたら、明日ベスト8の試合に挑む福岡代表の女性がこう呟いていた。**「はーこんなに人に勝ちたいとおもったこと、ない」**と。……そんな気持ちに一人をさせただけで、もう十分、やった意味あるじゃないか。ツイッターをみられる人は「タイマン句会」で検索してみてほしい。

August 24, 2015

集団的自衛権だョ！　全員帰省

米光一成

タイマン甲子園で出た場外ホームラン（ファウルとジャッジする人も多数）。なにいってんだ、という句だが耳から離れぬ。俳句もまた「詩」の中にあるわけで、ナラテイブとインプレッションの同時性を獲得した、俳句でないとしても化け物のような語の並びだ。米光一成は「東京マッハ」メンバーで、ゲーム作家。テレビゲーム「ぷよぷよ」「魔導物語」などを手掛けたほか、カードゲーム「はぁって言うゲーム」をヒットさせている。言葉にも造詣が深い。

凧揚げ句会

「傍点」同人でもある漫画家ウラモトユウコの『ｆｉｔ!!!』にブーメランをする場面が描かれている。これは、当連載でも触れたブーメラン句会がもとになっている。

　ブーメランは句会に向いている、と思って行ったのだが、漫画にも向いていた。人物に動きをもたらし、景色を広く描くことにもつながっている。この連載がこのままブーメラン漫画になっていっても

『fit!!!』（小学館）より。本当はブーメランではない、フィットネスの漫画です。

おかしくないくらいだ。

向いているかどうかわからないが、我々「傍点」は先日「凧揚げ句会」も行った。凧は春の季語になっている。正月の季語としても「初凧」がある（そうそう、「季語」には春夏秋冬のほか、「正月」の季語があるのです。そんなにか！　と（俳句の正月厚遇に対しては）思うのだが、そのことはまたいつか語りたい）。

手元の歳時記をめくってみるとこんな凧の句がある。

凧ひとつ浮ぶ小さな村の上　**飯田龍太**（*）
ちぎれ凧吹きとび牛の目まばたく　**加藤楸邨**（*）
切れ凧のなほ頭を立てて流さるる　**鷲谷七菜子**（*）
凧揚げや遠いツェルニーだけが音　**鶴谷香央理**

（*）『合本　俳句歳時記』（KADOKAWA）より

いずれも、さすがは歳時記に採用されるだけある。よい句だ（最後のはドサクサで入れた「傍点」同人の句だが、やはりよい句だ）。だけども、ナンカコー、物足りないわけではないのだが、足りない感じがある。それは、ラガーの回、いや、ラガーラの回でも語ったことでもあるのだが、この句を作った人たち皆、絶対に自分自身で佩をあげてない！　ただみてる！

「俳句は客観写生」とよくいう。よくいうというか、高浜虚子から言われだした、現代の俳句にまで通じるキーワードだ。

でも「客観」「写生」ってイコール「それをしない」ってことじゃないだろう。しても客観できるし写生できる。そう思っての佩句会だ……とかいうのは実はこじつけで、本当は「ブーメラン句会」でブーメランを教えてくださった小学館「ドラえもんルーム」の徳山雅記さんが、佩にも超詳しいというので、教わったら楽しいぞ、というだけでの開催だったのだが。

先にも書いた通り、徳山さんは（雑誌の）『小学一年生』のフロクを作り続けていた人だ。だから、佩のような簡便な素材での工作を研究しつくしており、趣味にもしている。自然とお願いする形になったのだが、徳山さんが印象的だった。その「張り切り方」がだ。ツイッターでは予定日の天気を何度も確認して「晴れるかな」と気を揉んでいたし、当日は自分の師匠も呼んでくれるという（我々は徳山さんこそが師匠と思っていたから、そのさらにボスが！　と驚いた。そんな人を呼んでもらえてうれしい、と思ったかというと、もはや価値がよく分からない感じだったのだが）。

とにかく、凧をあげる前から驚きだったのは、徳山さんが、大勢で凧をあげるのが嬉しくてたまらないという風だったこと。僕は意外だった。頼んだ側からすれば、素人ばかりガン首揃えて「ご教授願う」立場だ。きっと、素人など抜きで熟練者だけで集った方が、高次元の醍醐味を味わえるだろうと推察する。ほかの趣味のことに置き換えて考えても、素人に教えるというのは、好きな世界のすそ野が広がる喜びはあれど、それ自体はあくまで啓蒙、教育であり、「娯楽」ではない。それなのに、徳山さんは「自分が娯楽の中心にいるような」感じで当日を待っていた。僕は、そこに実は「凧揚げ」の本質があるんじゃないか、と思った（いや、その時点では単に不思議なだけで、後でそう思

凧をあげる同人たちと凧（上）。定番のゲイラカイトも（下）。

ったのかも)。

当日、徳山さんは武蔵野中央公園に一番乗りで場所取りをしてくれた。ブーメランの時と同様、様々な凧と、凧糸と手袋類もしっかり用意して。徳山さんの願いが通じ、4月の武蔵野中央公園は絶好のコンディションだった。

それから我々はひたすら凧をあげた。

この凧が、まあ誰のどれも、簡単に、あがるんだ！　なにしろオーソリティがすべてお膳立てしてくれているのだ。(風向きからしての)あげる位置、凧の離し方、糸の引き方などすべてに完璧な指導のもと、どの凧もあれよあれよと高空にするすると。「接待タコ揚げ」という言葉が浮かぶほどの、なんという気持ちよさ！　凧が春の季語であることにも、より深く頷けるようになった。我々は凧糸を手繰りながら同時に、季語の軸をもつかんだのだ。

凧には弱風用、中風用、強風用があるのだという。凧のサイズにあわせて糸にも種類がある。子供のころ、自分の凧がなかなかあがらなかった理由もなんとなく察せられる

（チャーリー・ブラウンにも教えてあげたい！）。

上空高く動く凧をみながら、子供のころ北海道の寒空にあげた凧のことを僕は思い出していた。凧糸がみるみる減っていく感覚や、素手の指を切りそうになる感じを。「まだある」と高をくっていると糸がとっくになくなり、あっという間に糸軸からするんと取れて、「糸の切れた凧」ならぬ「糸の終わった凧」となって風まかせになってしまうのも、幼時の記憶として思い出した。「あると思ってたらもうない」感覚をたしかに自分は一度経験している。凧は手間と、手持ち無沙汰が両立する。体を動かすことと、みることも。ブーメランは俳句にすること自体に難しさがあったが、凧はあげているまま客観写生が可能だ、と感じさせられた。そして、（事前に楽しみにしていた）徳山さんの気持ちもわかった。凧は、あげるのだけが楽しいのではない。すぐ飛び終わるブーメラン以上に「誰かにみてもらっている」ことが非常に重要な遊びなのだ。そのことも俳句に似ている。俳句も、他者を必要とする遊びだから。

とかなんとかいってるうち、手を離れた凧はヨロヨロと風まかせに動いて、やがて公園の隣の高校の、テニスコートに落下していった。これは漫画だなあ。なにやっても漫画になるのな、俺。まさか「アノー、凧とってください」まで（大人になって）やることになるとは。それも、子供ならいいが四十四歳中年男子だ。凧を口実に女子高に潜入しようとする不逞の輩と思われる率100％！　そのことで作句……は、さすがにしませんでした（女性の仲間に付き添ってもらい不逞感を消しつつ、テニス部女子高生に拾ってもらいました）。そんなわけで、客観ではない（？）「本当に」凧揚げした句群はこちらである。

■「傍点」凧揚げ句会（妙）　2017年4月16日於武蔵野中央公園

凧の弟子凧の師匠の前走る　山科誠
降りてくる凧の目玉の勇ましき　山科誠
春天をたぐりたぐりて凧高し　森住俊祐
凧の裏眺めて帰る雁一羽　徳山雅記

よくあがり凧にいつ飽きたらよいか　長嶋有

季語の実感を深めたので、また来春ぜひ、つどいたい。

June 30, 2017

凧の弟子凧の師匠の前走る

山科　誠

凧揚げ句会をした中の秀句。「シャーロック・ホームズ」を読み続けていて驚くポイントの一つにホームズの兄、マイクロフトの出現がある。え、より上がいたの？という面白さだ。凧揚げにも似たことがあると知って、そのことにまず感心する。あらゆる世界に師弟関係はあろうが、凧の場合「師匠の前」を通っても「不敬」にならない。そのことが（普通の師弟というもの一般的な礼儀に照らして）不思議に思える。俳句の短さで凧の本質もとらまえた。

星が重なるということ

『小説野性時代』での「野性俳壇」が始まった。俳壇というのは、この場合はつまり「俳句投稿コーナー」のことだ。

古くからある週刊誌や新聞にはよく「○○俳壇（あるいは○○俳句）」というコーナーがある。「○○歌壇」と並んで掲載されてるはずだ（歌壇は短歌の投稿コーナー）。その新聞や雑誌の読者で、俳句や短歌をしている人が、自慢の作品を投稿して、よければ掲載されてヤッター嬉しいぞ、てなコーナーである。これは「囲碁将棋」欄と並んで、必ず載ってる。囲碁将棋と異なり、月に一度の掲載であることが多いので、記憶にないという人も多かろうが。

たいてい（新聞なら）四人くらいの選者（いずれ名のある俳人たちだ）が十句程度、選んでいる。だから毎月、四十句くらいの俳句が載っているわけだが、たまに、俳句の上に☆がついてる。特にいい作品、という意味かなと思うが、必ずしもそうではないようだ。大体、右から順にベスト10に並んでいて、☆の句が左端ということも多い。ナノアル選者の評の言葉を読んでも、他の句ばかり褒めたりしている。

では、☆はなんなのかというと、同じ句が二人（以上）の選者に選ばれているという意味だ。だから、AさんとBさん、二人の（ｎａｎｏ－Ｒ）選者の選んだ俳句をじっくりみると、たしかに同じ句が載っていて、その両方に☆がついてる。その句に限っては、二人がよいと思ったという意味だ。

なるほどね、と思ったあとで、えっと思う。いや、本当は僕は、えっと思わないが、皆さん「えっと思う」だろ？　と思う。ここまでボンヤリ読んでた人は、よく考えてみてほしい。

四人の人間が十句ずつ、四十句「よい」句を選んでいる。そのうち、複数の人が同じのを選ぶことが、「ごくたま」にしかないのだ！

（毎度野球のたとえばかりで恐縮だが）プロ野球のドラフトを思ってほしい。あれは「よい」選手を複数の球団が選ぶ行いである。将来有望な選手には、指名が集まる。二球団どころか、四球団くらい殺到することもざらだ。そんでもって、大の大人がくじ引きなんかしてる。毎年、ものすごくたくさんの高校球児、大学生、社会人野球の選手がワンサカいる。それなのに「よさ」を突き詰めてみていくと、ごく少数の同じ選手に複数の目がむく。いわば、その選手に☆がつくわけだ。

対するに俳句は、「よい」と思う句を選ぶとき、AさんBさんCさんDさんで、毎月、ほとんど、評が割れているということだ。☆がめったに出ないのは、俳句の「よさ」がいろいろだから。もし☆が一度もつかなかったら、我々はAさんがみている句と、Bさんがみている句は別々の段ボール箱に入っていたものだ、と思ってしまうかもしれない。だがそうではない、同じ俳句をすべてみて、それでいてバラけているのである。

俳句って奥深いな、と思う。数式のようでないのはもちろん、「最後まで何が起こるかわからない」とかいわれる野球なんかよりも、もっとずっと分からない遊びってことだ。新聞の俳壇をみる醍醐味は、載っている俳句のよさを楽しむだけでない、選者の好みや嗜好をみていくところにもある。

「よい俳句ってどんな句ですか」という類の質問をされるとき、僕はいつも「☆の少なさ」を思う。四人の凄腕がベスト10を選んだら、ほとんど違うベスト10になる。どの句にも「よさ」がある。ホームランやナイスキャッチが野球場ごと、試合ごとに生じている。

で、「野性俳壇」に話を戻すんだが、これが、多いのだ。☆が！

「野性俳壇」は、（nano-na・i）僕と、テレビ「プレバト!!」でも人気の俳人、夏井いつきさんの二人が選者である。四人よりも二人も少ない（わざわざ書くのもあれだが）、だから確率的にはより、バラけるはずなのに！

これは、数学的に理由がわかる。「投稿が少ない」のである。一万句から十句選ぶとき、一万の中で生じる個性の幅は相当だが、三百句から十句選ぶときは、たいして差がない。下手な俳句を省いたら、あと同じのを選ばざるを得なくなる。特に僕は、著しい投稿違反の人の句を選ばないことにしているから、選択肢が著しく狭まる。それで、☆がつくどころか、こないだなど特選（いわば「ベスト3」）が夏井さんとかぶってしまった。しかし、選がかぶっても、やはり個性の違いはある。テレビでも人気の夏井いつきさんとの選は面白いし僕も勉強になる。テレビでの夏井さんは厳しく添削する人だが、実際にはとてもキャパの広い選句をする。

この「野性俳壇」が、他の雑誌や新聞の俳壇コーナーと異なる画期的なところ。それは、二人がトークするコーナーが設けられていることだ。そんな俳句欄は、いまだかつてみたことがない。四人の選者がいたとして、そもそもその人らは一つところに集まらない。合議で選んでいるわけでもない。大量のはがきやメールなどの俳句だけを（コピーなどを郵送してもらったりメールでもらったりして）みて、それぞれの場所で選句しているのだ（僕の聞いた新聞社の人の話に限るが、たぶん多くの場所がそう）。

新聞や雑誌の投句は、俳句を送る側だけでない、読む側も一人ぼっちというのが、不思議だ。なんだかそれは、俳句をしていないみたいだ。僕も、夏井さんと会って合議でワイワイ選んでいるわけではない。なにしろ夏井さんは忙しい。全国を講演や句会イベントで飛び回っている方だ。だから誌面に載っているのはチャットのようにメールでやり取りした、疑似的なやり取りではある。掲載される文字数も少なく、丁々発止のバトルということも起こりえない。それでも、従来の「俳壇」欄よりうんと意味があると思うし、そのやり取りをしているとき、（一番近

い気持ちを言葉にすると）ほっとする。自分ではない人も、自分がみて付き合った俳句群を間違いなくみた。無人島だと思って歩いていたら人とあって、自分は拾わなかった貝がらをその人が手に持って歩いていたら、すごくではないが必ず少し、嬉しくなるだろう。

とにかく「選者二人が会話する俳句コーナー」は初めての試みだから、どういう面白さが生じているか、こっち（僕）からは分かりきれない面がある。従来にないなにかが発生していくと思うのだ。どうかこの俳壇は、丹念に「読書」していってほしいと願っている。そしてもちろん、投稿もして参加してほしい。お互いに一方通行だが、こっちでは少しだけ笑いあっている、そういう「壇」なわけだ。*1

July 28, 2017

＊1……2019年現在、まだ投句を受付中です！

メフテルは寝起きによろし夏の雲
石原ユキオ

「野性俳壇」２０１７年7月号で佳作にとった句。五の次が七、七の次が五というのが俳句、というか、七五調のよさだ（当たり前だが）。「句またが」らない収まりかたが、メフテルというもののよさに貢献している。寝起きによろしいかあ？　と少し疑わせるところも楽しい。いいじゃないか、俳句で本当のことといわなくて。石原ユキオは、第一回タイマンワールドカップ（２０３ページ参照）の優勝者で、現在は「傍点」同人（同人加入後の、第二回のワールドカップも制した剛の者）。

ゼロスペース

漫画家の堀道広さんが『こフイナム』というwebマガジン（渋谷直角編集長）で、俳句の連載をしている。

一度に一句、堀さんの俳句と、それに伴ったイラスト、そして短い解説がある。シンプルな連載だ。もともと堀さんの漫画のファン（『アックス』に連載中の『おれは短大出』が出色！　早く単行本になれなれと願い続けている）なので、俳句の連載も楽しみに読んでいる。……楽しみに読んでいるのだが、どうしても、気になる点がある。

たとえばこんな句が載っているのだが。

母親の　吊るす干し柿　やけに黒い
帰ったら　手刀の練習　シュトーレン
小春日や　母が甘いパンばっか　買ってくる

字余りが気になるのではない。むしろ季語や切れ字など、正調の俳句といっていい出来映えの句も多い。では、なにが気になるのか。

母親の吊るす干し柿やけに黒い
帰ったら手刀の練習シュトーレン
小春日や母が甘いパンばっか買ってくる

このように、書いてほしいのだ！　**五七五の間に空白を入れないでほしくて、**むずむずする。

テレビのバラエティ番組の中で川柳や俳句を披露する場面でも、「○○○○の　○○

○○○○が　○○○○かな」と表記されることが多い。「和風」の書体で俳句っぽくしてあっても、間に空白が入る。やはりみていてムズムズする。

俳句をやっていくと、俳人は空白を入れて句を書かなくなる。「それは要らない」と誰かに教わるのだ。まず最初期に教わることの一つかもしれない。

短歌もそうだ。どこかの学生の企画で、歌会に参加した。参加者は事前にメールで短歌をスタッフに送る。スタッフはそれらの短歌をシャッフルして、匿名の状態でプリントしたものを配り、皆で選歌する、のだが、歌人や俳人全員が「うえっ」というような声をあげたのを今も忘れない。

僕を含め、本当に「生理的に嫌なものをみた」という声のあげ方を全員がした。すべて五七五七七の合間合間に空白が入っていたことに対してだ。学生は歌人や俳人を招いていながら、そのことは知らなかった。すぐにお願いしてプリントアウトし直してもらったのだが、いっせいに声をあげるほどの反応は、学生ではなく我々が変なのではないかという気さえする。

なぜなんだろう。なぜ五七五の間に空白を入れてはいけないのか。

「表現として、空白を本当に活かした俳句もあるから」と聞いたことがある。そうかもしれない。

松風吹かれの蓑虫　自衛官　午睡
いちご会議が始まる　全館　灯されて

上記二句は澤好摩の作だが、スペースが表現として用いられている。先の堀さんの**「母親の　吊るす干し柿　やけに黒い」**をこれらの句と並べたら、母親と干し柿との間を「わざと」空けた、そういう表現の句にみえてしまうだろう。でもきっと、堀さんにはそういう意図はなかったはずだ。

「句またがり」というテクニックを用いた句もあるから、それらが見栄えしなくなるということもある。

曼珠沙華高さのすこしづつ違ふ　石田郷子

龍の玉附近や立ちて歩く事　永田耕衣

これらの句はたしかに五七五だが、区切り方は五七五ではない。「曼珠沙華　高さのすこし　づつ違ふ」「龍の玉　附近や立ちて　歩く事」と表記してしまうとこれらは台無しになる。と、いった理由で、俳句には空白を入れないのだろう。俳句をもっと勉強している人からは、さらに理路整然とした見解の言葉が出てくるかもしれない。でも僕が空白をいれない理由は、**「そう、躾《しつ》けられたから」**みたいな感覚が一番強い。

ここで突然話が迂回するんだが、中学生のとき、男子トイレで不良に話しかけられたことがある。

「なあ、ナガシマ、『おしっこしたら手を洗え』っていうじゃん?」「うん」(二人とも小用を足しながらの会話)「あれってさ、おかしくねえ?」と彼はいう。「おしっこが手にかかったりしたら、洗わなきゃいけないって思うよ？　でもさ、そうでないなら別に洗わなくてよくねえ？　別に手が便器に触れてるわけでもなくて、自分の体に触れてるだけだよ？」「うん」（向こうはボンタン、こっちは標準のズボンがさがっている）……今、書き起こしてみると、ずいぶん理屈っぽい不良で、本当は大して不良じゃなくて僕が一方的にびびってただけの普通の生徒だったかもしれないが、そのとき、びびりとかと無関係に反論できなかった。

彼の言葉には理がある。パンツの中にしまわれている部分が、特別に不潔なわけがない。細菌の付着数の増減を厳密に検証しても、理屈不良の言

ってることが正しいような気がする。水をちょっと手にかけただけで、ズボンでごしごし拭くような手洗いだとしたら、むしろその方が掌の雑菌を増やしているかもしれない。でも、その真実に説得されるだろうか？　なるほど、これからは手洗いやめようっと、となるだろうか。皆、引き続き洗うだろう。

幼いときからの躾のようなものは、なにか目前の正しさとは次元の異なる正しさの中にある。始めた時点で大人でも、俳句というものについて「幼い」ときにまず躾けられることだから、「生理的な」拒否になる。

だから、なんというか、声高に言えない。俳句の基本は「五七五」だから、五八五（字余り）とかに対しては、まだこう、言える。だって、一応、俳句という遊びのルールだから、と（それさえ杓子定規にしないものだ）。堀さんの連載は絵も含めてとても楽しいものだ。だから、間違いを正すというより、下から「頼む」気持ちでいいたい。

スペースを空けないでくれ頼みます

March 16, 2015

鈴に入る玉こそよけれ春のくれ

三橋敏雄

鈴の音がよいという（だけの）句だ。鈴は空洞で、中に玉が入っていて、揺れるとその玉が本体を叩くから鳴る。鈴自体の真実はそうだけど、鈴が鳴っているとき、誰もそんなこと（小さな鈴の中の玉のことなんか）を思ってない。

でも俳句は思い致す。玉ある、玉がんばってる、と。いや、もしかしたら、鳴らずに静止している（けど、間違いなくある）玉の丸さを愛した句かもしれない（読んだ通りなら、むしろそう解釈すべきだ）。間違いなくある、隙間からしかみえないような小さなものを見逃さないという、俳句の一つの喜びを表したような句だ。

第3章　俳句は行使できる

嫌いな季語

ツイッターで、尊敬する先輩の俳人が不意につぶやいた。「春うららという季語が嫌いだ」と。

春うららという言葉は、俳句に詳しくない人でもなんだか知っているだろう。知っているというか、分かると思う。歳時記や辞書をひかなくても、気分が伝わる。「すっかり春うららだな」なんて具合に、日常でも用いられる。カタカナの「ハルウララ」で、競走馬の名前にもなった。人口に膾炙《かいしゃ》し、かつ「季語っぽい」言葉である。[*1]

それが嫌いだ、という。

俳句に親しんでみると、まあ、分かる。「春うらら」は過剰なのだ。冬うららなら、いい。「冬らしからぬ、ぽかぽかした一日の気配」だ。だが春はそれ自体、うららかなものだ（「うららか」単独でも春の季語とされている）。つまりイメージの重ね塗りだ。そこで重ね塗りしているのが「良さ」であることも、栄養過多でベタついて感じられる。分かる、とかいいつつ、そのツイートをみた瞬間に僕がまず思ったのは分かるではなく**「ヤベエ！」**だった。えーとえーと、俺の俳句に「春うらら」を季語としてつかった句なかったかなかったかと心の中で検索をかけはじめる。このままでは尊敬するセンパイに「あなた……まさか、春うららなんかで俳句を？」眉をひそめられ、たちまち周囲の取り巻き連中にも「うわ、ナガシマの俳句超ダッセェ！」「風流ぶって」「しょせんはポンチ絵俳人」みたいにヒソヒソいわれる！　と（註・先輩にそんな下品な取り巻きはいません。妄想です）。

しかしである。「嫌い」という言葉は「好き」並に強い。

『ビー・バップ・ハイスクール』で美少女転校生に「リーゼントは嫌い」と言われた翌日には即、丸坊主にして登校したトオルとヒロシくらいの転向を、自分でもすべきではないか？　と咄嗟に焦ったのである。「ですよねえ、春うらら、よくないっすよねえ！　俺も昔からマジ嫌いっした」と（↑おまえが下品な取り巻きだよ）。

……そういえばずいぶん前、尊敬する大先輩の作家に、対談の礼状を送った。

「（Oさんの著作を読み）なにやら凜とした気持ちになりました」とかなんとか書いて、誤字脱字もチェックしたから、あとはポストに投函するだけというときに、その作家がアンケートに答えた記事をみつけ、たまたまめくったら「嫌いな言葉・凜として[*2]」とあって、ヤッベエ！　書き直し書き直し！……とかいうことがあったが、これはそのときに近い取り乱しだ（偉大な先達がなにを嫌いであろうと、自分の

表現は自分の表現として泰然としていればよいのに、そういう「芯」がすこぶるヤワな「グンニャリ系物書き」として、こちとら十何年やってきているのである……それはまあそれとして)。

いや、今回語りたいのは僕のグンニャリぶりではなく、春うららがどうこうでもない。季語にも「嫌いな季語があっていい」ということだ。

俳句の初心者から「俳句って、季語を入れないとダメなんですか」みたいな質問はときどきされて、それに対する言葉は僕にも一応ある。つまり、考えがある。だが、俳句に季語を入れるか・入れないかという考えの先には、(「季語は入れるもの」としても)そのうえでなお「好きな季語、嫌いな季語」があっていいのだ。

僕が教えている「傍点」のメンバーでも「日脚伸ぶ」という季語を蛇蝎のごとく嫌う同人がいる。日脚が伸びる、冬の終わりのころを表す季語だが、「日脚伸ぶ」の「ぶ」が特にイヤなんだと思う(韻文としては、間違っていないのだが)。日脚が伸びた=厳しい冬がもうすぐ終わる=春の到来=あたたか=ささやかなうれしさの「気付き」。という、季語自体が「言わんとする」ところに滲《にじ》む「ホッコリ感」が、「ぶ」の部分に宿っているると僕も思う。「日脚伸びる」という単調な言い方ならまだしも。いささか慈しみが過ぎやしませんか、といったところだろう。

季語や言葉それ自体に宿るイメージの豊かさを借りることは、俳句という遊びの一つの肝だ。だけど豊かに内包されているものの中には、ときに過剰なものも宿っている。ひとまず言葉遊びとして「季語は入れる」としても、それらに宿る（たとえば）甘さを、個別にみていいし、ときに我々は「嫌って」もいいのだ。それこそが、受け身でなくちゃんと自分で考えて創作に挑んでいるということの表れだ。

そういう話を同人としていて、ナガシマさんの嫌いな季語はなんですか？　と問われて考えて、詰まった。全然、でてこない。……俺、たいていの季語が好きでも嫌いでもないわ。自分が実にドライに作句していることに改めて気づかされた。

俳句をすると、どれだけドライに、ただの言語ゲームとして挑んでいる人でも、季節を少し好きになるとは思う。さすがに僕にも、好きな季語はいくつかある。でもそれは

「神の旅」とか「蛙の目借時」とかだ。いずれもなんつうか、漫画っぽい季語ばかり。いつか、嫌いな季語も、説得力のある言葉で語ってみたいものだ。

ボーナスステージで酒樽を割る春麗。つまり掲句は「写生句」だ。

最後に、「春うらら」を用いた自分の句だが、これが一句だけあっちゃったんですよ奥さん。「**春うらら酒樽割れば木の音す**」というのだ（拙句集『春のお辞儀』所収）。……でもこれは、「ストII」*3の春麗《チュンリー》の光景をよんだ句であり、春うらら（麗）は、彼女の名前でもある。いわば「挨拶句」というやつだ。ここはどうか一つ、彼女の見事な大キックに免じて（?）勘弁してほしい。

April 29, 2015

＊1……実は、主要な歳時記に「春うらら」という項目はない。つまり、季語ではないのだ。それでも先輩がつぶやくのは、担当する俳壇、投稿欄にうんざりするほどの「春うらら」の句が（投句した本人は季語だと勘違いして）届いていたのだろうと、同情とともに推察する。
＊2……安倍総理が当時「好きな言葉」として挙げていて、たぶんOさん、安倍さんが嫌いだったんだと思う。
＊3……人気ゲーム「ストリートファイターⅡ」の略称。格闘するゲームだが、遊ぶことで世界中を観光することもできた（ので、別の俳句も作れるかもしれない）。

今日の一句

三つ食へば葉三片や桜餅　虚子

ただごとを、繰り返しでわざわざいう句は令和の今も作られるが、これは明治37年の句だそうだ。感心するし呆れる。でも、どんな俳句も「わざわざ」言ってない句はないのだ、とも思う。桜餅を三つ食ったということは、葉っぱも三枚食ったってことだ。文学的深みがないのがいい。言外に伝わるのも「センセー、食欲おありだな」ということだ。「名だたる」俳人のうち、大虚子の句が一番、僕の性に合う。

俳句は行使するもの（前編）

2015年9月の鬼怒川の氾濫はテレビニュースでも上空からの様子が生々しく中継され、深刻な被害がリアルタイムで伝えられた。事後の復旧の大変さもまた（先の震災報道ほどではないものの）逐一、報じられているようだ。

しかし、水害は鬼怒川だけではなかった。東北の雨はあのとき、二日以上にわたって降り続けたのだ。鬼怒川氾濫の翌日の夜、我々（僕と、俳句同人「傍点」のメンバーW嬢、S君の三名）は、拙車、日産ラシーンを駆って絶賛北上中だった。青森で開催されるロックフェスを観に行くのだ。

東北道を行くはずが鬼怒川氾濫で大規模な通行止め。解消される気配はない。W嬢は急遽、常磐道を選んで進んだ。放射能含有のマイクロシーベルト表示を告げる看板を横目に、片側一車線の高速を北上する。ワイパーはずっと最速で動き続けていた。その常磐道から仙台北部道路を通って東北道に乗り換えようとするも、富谷ジャンクションも通行止めとなり、宮城県利府しらかし台で下の道をゆくことに。深夜に北上する県道3号の、前をゆくのも対向車もダンプかトラックばかり。

豪雨もだが、対向車のあげる水しぶきがバケツをぶちまけたみたいに降りかかり、視界は常に水に遮られた。信号機も、明かりのついた建物もほとんどない知らない道は、水かさも増していき、ついにはココア色の川につっこんだみたいになった。

多分この時間帯に、近くの川が氾濫したようだ。

スマートフォンのアプリでみる雨雲は、東北全体に黄色や赤の（警告色の）点をびっしりと表示させたままだ。雲が動かないのか、動いているが切れ目がないのか。

W嬢はシリアスな表情をたたえながら、通り沿いの、無人のガススタンドに車を入れようといった。このまま進んでは車が水でダメになる、少しでも高さのあるところで雨をやり過ごすべきと判断したのだ。W嬢はしっかり者でかつ、諸事を抱え込みがちな性分の女性だ。

ガススタンドの建物内からは蛍光灯の光がみえていたが、人の気配はなかった。どこのガススタンドも必ず「外」にあるのに、立派な「屋根」もある。車を降り立った我々は、人工的な屋根というものの意義を束の間かみしめながら雨の車道をみつめた。もうこの時点で道は濁流だった。軽自動車が無謀にも川のような道をザバザバと行き過ぎていった。少しでも高いところへと、給油する場所でなく、ガススタンドのバックヤードというべき裏に移動し、車内にて待機する。思いついてラジオをつけてみたが特に非常時という風でもない軽薄なトークが聞こえ、拍子抜けだ。

と、そこにずぶぬれの女が現れた（深夜にずぶぬれで歩く女になど、なかなか遭遇できるものではない）。ガススタンドの明かりに吸い寄せられるようにやってきた。「屋根」を得て、それからスマートフォンで助けを呼んでいる気配（あとで分かったが、先の軽自動車の運転者だったらしい。やはり浸水で進めなくなり、乗り捨てたのだ）。

ともにここでやり過ごさないかと声をかけてみた。「（家が近いので）歩いて帰ってこいって父が」女は礼を述べつつそう言った。たしかに、あまねく世の「親」というものは、子供によくいう。「（いいから）歩いて帰ってこい」と。

でも、と我々は車道をみやった。歩いて？　あの濁流を？　「とんだ目にあう」とか「ひどい目にあう」という日本語がある。その「目にあう」のも、また個別のことだと改めて感じ入る。彼女は濁流を歩き、我々は留まる。（脚の太い女だったなあ）見送り終え、そんなことを呟いて二人に呆れられる。

当初は彼女の判断を無謀に感じていたが、それから数十分たったろうか、雨足は強まりこそすれ、やむ気配はない。このままここにいて、やり過ごすことができるのだろう

カーナビの上にカマキリ！　わずかに車を空けた瞬間に逃げ込んでいたのだ。

か。車道と比べたときの、ガススタンドの高さなどわずかだった。再び外に出て水かさをたしかめる。スタンドの表口にも波が寄せており、車道は大河のようだ。

W嬢は次なる提案をした。「車を捨てよう」と。

そんな日本語を、僕は人生で聞くことになるとは思わなかった。たしか十分ほど歩いて戻ればコンビニがあった。ここは下り坂だったから、少し戻れば、今なら水を逃れられるだろう。

しかし、歩くのか、あの濁流を。なにがベストの判断か、誰にも分かるはずがない。いつかの水害のニュースで、バスの屋根で救助を待ち続けた人たちのことを思い出す。

車に戻り、必要な物を手に持とう。再び入り込んだラシーンの車内に浮かんだシルエットに僕は声をあげた。

ロックフェスの準備として、たまたまモンベルの雨具を買っていた。「ゴアテックス」という悪の組織みたいな名前の、最新のやつだ。いかにも水を遮ってくれそうなファスナーの素材に頼もしさを感じながら引き上げ、フードをかぶる。持って行く荷物をもたもた選んでいたら不意の鉄砲水で車ごと横倒しに……などと悲惨な想像をしながらも、小型ワープロを持って行くべきかためらう。そんなときでもワープロは手放さなかった、みたいな「いい話」然としてみえないか。そんなに俺、自分の職業に誠実な人間ではないよなあと思いつつ、荷に入れる。

そして我々は車を乗り捨てた。背の低いW嬢は腰まで、男二人は股まで水に浸かりながら、緩やかな坂を上った。転ぶのが一番まずい。三人、慎重に歩く。

川をざぶざぶと無事にあがりきった先には、進むのを諦めたトラックが遠くまで列になり、雨に車体を艶めかせながらエンジンをふかしていた……。

さて、ここまで俳句とまるで関係のない話だが、何が言いたいかというと、我々はこのとき俳句を作ったのだった。

かつてバスの屋根に登って何時間も救助を待った人々は、皆で身を寄せ合い、互いを励まし合うため、坂本九の「上を向いて歩こう」を歌い続けたという。そのときの皆が知っている歌を歌ったのだ。皆が俳句を知っていたら、俳句だろう。俳句はそういう風に**「使われる」**べきだ。

「文学なんて生きていく役に立たない」という人がいる。そうかもしれない。生涯、文学の必要ない人はきっといる。「生きるか死ぬかの非常時にはなおさらだ。死にそうなとき、ピンチのとき、創作活動なんてしてる暇はない」そういう人もいる。

僕は、それは嘘だと思う。

非日常の、ピンチのとき（実際は、そんなおおげさな被災では全然なかったのだが）にこそ、文学や詩や歌を「使う」のだ。心の中で思い出したり、諳《そら》んじたり。俳句は短いから、作ることとさえできる。運動神経や、サバイバル術がときに人を生き延びさせることと、まるで同じことのように僕は思う。

「使える」手段をそうして忍ばせながら、我々は平穏な日常を生きている。なんだか大げさな話になったが、どんな俳句ができたか、後編に続く！

October 28, 2015

今日の一句

露人ワシコフ叫びて石榴打ち落す

西東三鬼

俳句を語る定番の褒め言葉に「景が浮かぶ」という言い方がある。「景色」ではなく「景」というのが（通っぽくて）恥ずかしいのだが、つい言っちゃう。しかし、この句で「景が浮かぶ」のは何故なんだろう。漫画のようだし、実写のようでもある。響きにも驚かされる。アニメ「ルパン三世」の、タイトル文字がカシャンカシャンと打たれるみたいな句で、文字それ自体が脳裏を打つ。三鬼は俳句のスターである。

あのとき生きたかったもののすべて（俳句は行使するもの〈後編〉）

＊注意。この稿には、蛇や虫などの画像が登場します。苦手な方はあらかじめお気をつけ下さい。

（前回までのあらすじ）

9月某日、俳句同人「傍点」のWンジョ隊長、ボンヤッキー、スミノンズラーの腹ペコ悪玉トリオは毎日がバチェラーパーティさと掛け声も朗らかに、青森へとドライブに繰り出した。深夜、豪雨に見舞われ車は横転炎上。辛くも脱出した三人だったが、頭上からは旧ソ連の重戦闘ヘリ・ハインドDが、地上からはスペッナズの残党の放った精鋭部隊の追撃の手が迫る。腰までつかる濁流を進み行く三人。はたして彼らは青森にたどり着けるのか、この日本に、そして世界に朝は来るのか……⁉

極上の塩辛の上にウニが載っている……。ほかほかの白米の上に極上の塩辛、その上の、ウニ。そんなことを、していいのか。W隊長は悶絶していた。

夜、「傍点」の腹ペコ三銃士はスミノンズラーことSの、青森県の実家にいた。あたたかな広いダイニングで、次々と供される山海の珍味。湯上がりの我々は三人が三人、楽な寝間着に着替え、弛緩しきった心持ちで、もてなされるに身を任せつづけた。

これがイーハトーボか。そう思った。

そして、これまで同人内でも存在感のなさを軽んじ侮っていたSのことを、今はもうウニの山越しに敬畏《けいい》し始めていた。

前編内でも一度も言動を触れられていない（ずっと「居た」し、喋ってたのに）が、これからはもう違う。S君じゃない、S「様」だ。君を軽んじる輩がいたら、俺がぶっ飛ばす（一番軽んじていたのは僕なのだが）。

廊下でも数人が寝泊まりできそうな豪邸で、おもねりの気持ちを露骨にたたえながら（S家の養子になりたいと思いながら）僕は、無事に生きていることの喜びも改めて感じ取っていた（ウニ飯をかきこみながら）……。

実際のところ、車を乗り捨てたのち、我々はヘリの爆撃など受けることもなく、腰までつかる水をゆっくりと歩き抜け、大型トラック群の脇を抜け、また歩いた。夜の雨を無駄にライトで照らしつつアイドリング中のトラックのどれも、（トラック自身が）疲れてうんざりした様子だった。

だが、我々は非日常ゆえの高揚を感じていたはずだ。

コンビニにも我々のように車を乗り捨ててやってきた者が大挙しているだろうと思ったが、発光する店舗に近付いてみれば想像のようではなく、「いつもよりやや混んでる」くらいだ。すでに通常営業を取りやめ、床に敷かれた段ボールに横になっている者さえいるのではと思っていたので、拍子抜けだ。濡れ鼠《ねずみ》は我々三人だけだった。

トラックの運転手たちはたしかに表情に疲労をたたえつつ次々と入店する。しかし、トイレを借り、めいめいのための飲食物や煙草なんかを買い込んだ彼らは皆、出て行く。

あれあれ、と思った。あの雨と冠水だぞ。ほうぼうから「同じ目に」あった者が逃げ込んでき……は、しないのか？

翌日になって把握するのだが、我々が通りすがった3号線の下り坂そしてすぐ上り坂の地帯で、乗り捨てられた車はたったの三台だった。うち一台の持ち主は前回に登場したゴン太脚《ぶと》の女性の軽自動車である。女は（父にいわれて）帰宅し、もう一台のキャンピングカーの持ち主は反対の坂を出て、向こう岸のコンビニにいった。

つまり、このへんで「被災」したのは我々三人だけだ。あと皆、ぴんぴんしている。

そういう被災のケースというのは、よくあるものだろうか。段ボールが敷き渡った、空間の隅々までいかにも「被災被災」した姿ではない、通常営業のコンビニで、だが他に行き場所もなく、コンビニ外の窓のへりに腰をもたせかけて、我々は夜を明かした。

そのうちコンビニの人にはさすがに事情を話し、そうしたら奥から椅子を出してくれたのだが、後から入ってくる客には、なにやってんだか分からない、図々しい三人組にしかみえない。なんとも居心地悪く、明け方、廃屋のようなバス停に移り、壁に三方「同構え」に設《しつら》えられた座面にそれぞれ（やっと）横たわったところで——快適さはコンビニよりもはるかによくないのに――ほっとしたのに似た感情を抱いた。やっとめいめいが「ちゃんと被災してる感」を得て、小さな布やタオルをかぶり、眠りに落ちた。

雨は止んでいたから、これ以上増えることはない。我々は再び覚悟を決め、ザブザブと再び歩き出した。腰の高さでも転んだら溺れる自信がある。慎重に歩を進める。はたして、愛車ラシーンは……無事にエンジンかかった！　Wさんの判断は的確だったのだ。

ボディにはカタツムリが、タイヤにはイナゴがびっしりだ（ガススタンドの天井からのびるホースの付け根にも）。水を避けんと、普段はつかまらないような場所にでも、しがみついたのだろう。昨夜みた、カマキリのシルエットを僕は思い出した。ほんのわずかな隙に、あれは入り込んでいた。

みんな、生きたかったんだ。

イナゴも、カタツムリも、カマキリも、我々も。水から等しく逃れ、全員が普段はし

やはり、まだまだ「浸かる」ようである。

愛車ラシーン。早速、着衣を干す３人。

ない姿をみせた。

やっと晴れてきた午前中、車内の荷を出し、濡れたズボンを穿き替えて（干して）、そしたらすることがなくなった。

水位が下がるまで「ただそこにいる」しかない。ぼんやりと退屈を感じていたときだ。生きたかった蛙と、生きたかった蛇がアスファルトにあらわれた。蛇は蛙を追い、蛙は逃げる。あれよあれよという間に、見事な捕獲劇をみせてくれた。

そのときの三人の連作が、これである。

■蛇、蛙を呑む（十三句）

秋出水ガススタンドの裏は晴れ
新涼や乾いてこその長ズボン
丸呑みの狙い定めて秋の蛇
横っ飛びしない蛙や生きたいので
蛇行ではない追跡を蛇疾し
あっという声の揃うや天高く
嚙みついて尾はまだ遠くあり秋日

顎がはずれたかのような大きさで丸呑み。

からまりの中の蛙や女郎花
巻きすぎて食いあぐねている昼餉だ
爽籟やこれ以上膨らまぬ腹
穴惑おにぎりはすぐ食べられて
蛇穴に入らずエンジンはかかった
秋風やあれは無住職の寺

（作・炭野文、長嶋有、渡邉朧）

我々は膝下までの水位となった川をラシーンでざぶざぶ乗り越えて出発した。夕刻、S邸で夢の歓待を受け、目当てのロックフェスを楽しみ（かつ、寝た！）、恐山にキリストの墓まで観光して帰路に就いたが、今も一番に思い出すのは、あのとき「生きたかった」もののすべてだ。

November 28, 2015

今日の一句

神の旅まどかでは私はここで　涙雨

2019年度、出演中の「NHK俳句」で入選に選んだ句より。「では私はここで」ときっぱりした別れの言葉は、読者が俳句に急にそう言われたかのような不思議な衝撃をもたらす。

空想の神の旅がまどか（円滑）であることで生じる初冬の気配が、決してまどかではない伝達と裏腹のすがすがしさも醸し出している。

放送時、司会の岸本葉子さんが「辞世の句のようだ」と褒めた際に言い足そうかどうか迷ったのだが、作者の涙雨さんは16歳なのだった（入選者でも最年少）。作者の情報は抜きに鑑賞するべきだが、もし辞世の句のつもりだったら、やはり少しあっぱれだ。

袋回し（超・短時間俳句法）

「ミッミッ私はミセス　今日もオシャレに餃子でパーティ〜」でおなじみ『ミセス』2017年3月号に、僕の俳句が掲載されている。……嘘である。いや、俳句が載っているのは本当である。嘘というのは、ミセスにはそんな歌はないということである。歌はないが『ミセス』という女性誌のロゴはなんか妙に印象的で、そんな歌みたいだ。とにかく、ミセスは僕なんかとは縁遠い、主婦向けの雑誌である。

そのミセス3月号が「やってみませんか！　俳句と短歌」と題うって、俳句の特集を組んだ。俳人の小澤實さん、句集も出している作家の川上弘美さん、女優で俳句を熱心にされているという小林聡美さんと僕の四人が、句会をしたのだ。

たまに、俳句って、そういう「呼ばれ方」をする。俳句と無縁の媒体で、決して敷居の高いものじゃないですよ、楽しいですよ。みたいな風で。もっぱら僕は「楽しいですよ敷居低いですよ担当」だ。

しかしミセスで驚いたのが「袋回し」をするということだった。袋回しは句会の中でもかなり特殊なルールなのだ。

1・参加者は各自、袋というか封筒を一枚ずつ持ち、車座に座る。四人なら四通、七人なら七通の封筒が必要だ。卓上にはノートを切り刻んだ「短冊」をどっさり作っておく。

2・めいめい、その封筒に、お題を記入する。季語とか、そのとき目に入った単語などを。

3・「せーの！」で、題の書かれた封筒を隣の人に渡す。もらった封筒には、もちろん、題が書

最新のモードが載っていてもロゴだけレトロで面白い『ミセス』。

かれている。

4・一分とか三分、タイマーがセットされ、その制限時間で、封筒（袋）に書かれた題の俳句を作って、短冊に（無記名で）書き、封筒にいれる。

5・制限時間がきたら、短冊をいれた袋をまた、隣の人に「せーの！」で回す。

6・人数の回数これを繰り返す。最後は自分の出題の句を作ることになる。というのが袋回しである。超短時間で、即興で、たくさん作るという、鬼のようなルールだ。

句会の初心者はたいてい、尻込みする（初心者じゃなくなると、いざ始まるとき「あぁ、袋回しね」と過剰に涼しい顔をしたがる者も）。だいたい、通常の句会を終えて、二軒目の居酒屋などで、酒の入った状態で余興でやることが多い。なにしろ一分くらいで作るから、めちゃくちゃな句になる。


しかし、ミセス3月号をめくってみると、そうめちゃくちゃでもない。このときの制限時間は五分だったのだが、だいたい皆、一つの袋に三句出している（無念にも僕は一

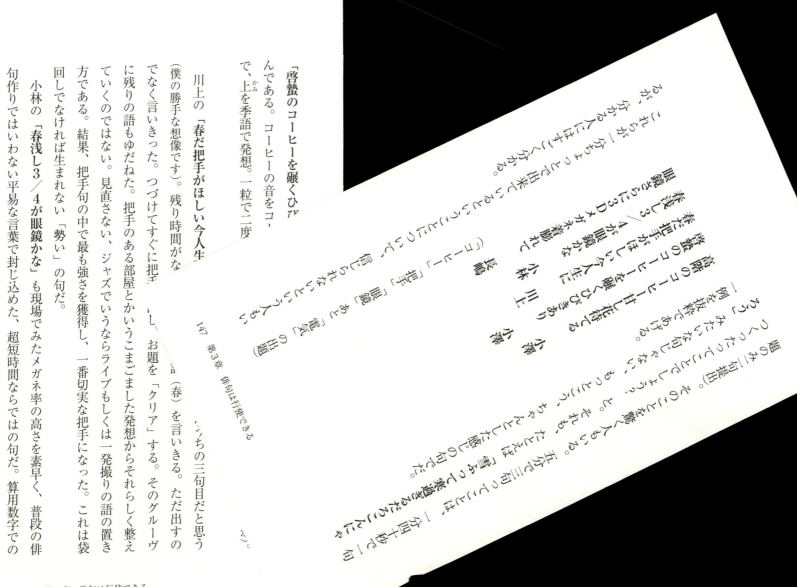

「啓蟄のコーヒーを碾くひび[illegible]

んである。コーヒーの音をコ[illegible]

で、上《かみ》を季語で発想。一粒で二度[illegible]

川上の**「春だ把手がほしい今人生**[illegible]うちの三句目だと思う

（僕の勝手な想像です）。残り時間がな[illegible]語（春）を言いきる。ただ出すの

でなく言いきった。つづけてすぐに把[illegible]し、お題を「クリア」する。そのグルーヴ

に残りの語もゆだねた。把手のある部屋とかいうこまごました発想からそれらしく整え

ていくのではない。見直さない、ジャズでいうならライブもしくは一発撮りの語の置き

方である。結果、把手句の中で最も強さを獲得し、一番切実な把手になった。これは袋

回しでなければ生まれない「勢い」の句だ。

小林の**「春浅し3／4が眼鏡かな」**も現場でみたメガネ率の高さを素早く、普段の俳

句作りではいわない平易な言葉で封じ込めた、超短時間ならではの句だ。算用数字での

把握もここではむしろ面白い（上記、くどいですが僕の勝手な想像です）。

　さて、拙句「**眼鏡さらに3Dメガネ着膨れて**」も、もちろん作者なので説明は容易だ。出題の「眼鏡」はメ・ガ・ネ。たったの三音だ。俳句は五七五なので、十七音だ。つまりあと十四音もある！　そこであと十四音「埋める」（さもしい発想）。ここでいきなりつかぬことを聞くが、ミセスの（いや、ミセスじゃなくても）皆さんは朝、時間がないときにおかずが冷凍食品のコロッケしかなくて、ニキビだらけの息子の弁当箱のスペースがガランガランに余っていたら、どうするだろうか。

　コロッケを倍、いれるだろう。

それと同じだ。眼鏡の題だからって眼鏡を一個しかいれてはいけないという法はないのだ！「眼鏡『さらに3Dメガネ』」よし、これで何音稼げた？　よし五七五のうち五七まではクリアできたじゃないか。あと適当に季語あてがってハイ「蒸着」（↑『宇宙刑事ギャバン』だが、どこか中年太り）！……と、こういうことを、僕は袋回しでなくても普段から常に思っている。おれんちの俳句冷蔵庫は常に空だ。だから常にやり繰り俳句だ。……僕だけ、ミセスじゃなくて「オレンジページ」だった。

しかしだ。あらゆる創作の、創作時間が分かる状態って少ない。たとえば

夏草や兵どもが夢の跡　　芭蕉

という風に俳句＝作品は書かれ、知られるわけだが、もしこれが

夏草や兵どもが夢の跡　(01:30)　　芭蕉

と書かれたらどうだろう。袋回しを活字にして発表するのは、ほとんど上記のように

書いて発表するのに近いことだ。読者は否応なくその作品生成時の、言葉の浮かんだ順、推敲までを想像して味わうようになる。変なの、でも面白い（重ねていうが、そんな表現の「発表」は、なかなかない）。ミセス3月号、入手できる方はぜひご覧下さい。

February 24, 2017

今日の一句

ボックスシーツのゴムびよんびよん春嵐

藤野可織

ボックスシーツは鳴り物入りにでなく大流行でもなく、だが広まった。スマートフォンのようにではないがそれ並にだ。目覚ましいものではない、ささやかなものに眼差しを向けることを俳句は奨励するが、それは大量生産される品にも同じくあるべきだ。字余りは「時間」のモタモタ、間延びを表すのに効果をあげることが多いが、ここでは広さ（シーツの大きさ）も伝えている。藤野は作家にして、我が「傍点」が誇る怪俳人であるが、平和な句も魅力的だ。

第4章　どこまで俳句にできるか

俳句は暗記できない

主に、小学校の図書室に入る、児童向けの本に文章を寄せた。『大人になるまでに読みたい15歳の短歌・俳句・川柳』（ゆまに書房）という本の、第三巻の序文だ。

短歌、俳句、川柳をひとまとめにしているところが、乱暴……なのではなくて画期的だ。誰かと会話していても、いつもいつも俳句と短歌を混同されて、違いを説明するのが面倒だなーと思っていたのだが、いっそ一緒に載せちゃう方がよく伝わることがある気がする。

僕はその本で序文を書いた。そこでも俳句短歌川柳の「違い」よりも、むしろ共通点を語ることにした。

それらの共通点は「短い」ということだ。同じ文章の表現でも小説はよほど苦労しないと暗記できないが、俳句短歌川柳は短いから、まるまる暗記できる。それこそがツールとしての利便である、と。

……しかし、そのように書いておいてなんだが、本当だろうか。仲間と俳句の話をしていても、しばしば、俳句はまるんと「出てこない」。ある句についても、たとえば「ほら、あの、『**ナンタラやこきこきこきと缶切れば**』みたいなさあ」とかいってる。正式にはなんたらや、ではない。「**鳥わたるこきこきこきと缶切れば**　秋元不死男」だ。「耕衣の、あの、**大孤独居士ここにあり**、みたいな句を」などという。正しくは「**枯草の大孤独居士ここに居る**　永田耕衣」だ。季語だけでなく、文末の言い方まで間違えて覚えている。

どちらも「いい句」として話題にしているのだ。それなのに（いい句と思ってるくせに）諳んじることができてない。ちゃんと覚えろ。真剣に俳句を学ぶ者ならばそんなことはあってはならぬ。そのように思う向きもあろう（ある俳句入門書[*1]では、しのごのいわずにという強さで「まず名句を黙って覚えろ」と暗記すべき句がたくさん載っている)。

それはそうだ。正しい。そうだけれども、不真面目を正当化したいことと別に、このことの「不思議」が気になってもいる。

では「いい」と思った気持ちは、ど﹅こ﹅に﹅宿っているんだろう。作品ではなく読者に不備があってさえ「良いと感じさせた」ことは本当で、消えない。うろ覚えである俳句に対して我々は(というか僕は)、それらの一体「なに」を「良い」句と思っているんだろう。

残像のようにボヤけている、季語や言い回しの部分は、句会でよく使われる言葉でいうと「動く」のだろうか。五七五であることが記憶の助けになっていて、一部分が「なんたらや」みたいにボヤけていても、残りの伝達は、くっきりとなされる。そのとき、「一部分だけ」ではダメで、ボヤける「なんたら」も必要。そんな気がする。

暗記できる句であることは、それが優れた創作であることと両立しないとも思う。(もちろん先の入門書の著者だって、そういう理由で暗記しろといっているわけではない。むしろ「しのごのいわずに」というテンションの無闇さを、無闇さゆえに支持したい気持ちがある。同じことを説くのでも、無思考な人の追随意見には与したくない)。

「去年今年貫く棒の如きもの　虚子」とか**「愛されずして沖遠く泳ぐなり　湘子」**みたいに、すべて暗唱できる句も、僕にももちろんある。小林一茶の句なんかキャッチーだから、まるまる覚えられる。でも、その一茶の**「やせ蛙負けるな一茶これにあり」**や**「蝸牛そろそろ登れ富士の山」**は俳句界において特に「いい俳句」とされていない(一茶には別に名句がたくさんある)。

他にも僕は**「フセインを暴走させたのは誰だ」**という川柳を覚えている。新聞の時事川柳欄に載っていたものだ。サダム・フセインのクウェート侵攻の句だから、1990年ごろの句を二十年以上たってもなお、まるまる覚えているのだが、ぜんぜん、いい川柳ではない。ただの文章だ。[*2]なのに新聞の投稿欄に採用されていたから、驚きで忘れなかったのだった。つまり、「暗記できる」ことと句の良し悪しには因果は「ない」。

NHKの朝の連ドラをみていると、十分間くらい目を離していても、まるで筋を見失うことがない。下手すれば一日二日、見逃してもいきなり楽しめたりする。真面目にみろ、制作者に失礼だろうという向きも、やはりいるかもしれない……いや、そんな人いるか？　実際、朝の連ドラは、台所で作業をしながら合間合間にみる人のため、ナレーションや、説明的な台詞を多めにしているという。いわば見逃されることが前提の表現だ。

伝達に一語一語すべてが使われなくてもいいと思いながら作句するというのは「季語が動いても」まあいいや、みたいに思っているということでもある。それもまたルーズで危ういことだけど、十七音しかないのだから丹精して、みたいにやってなお、暗記してもらえないかもしれないのだし、どこかの誰かにたとえば「こきこきこきと缶切れば」さえ伝われば、成功なんじゃないの、とも思うわけだ。**うろ覚えの読者も一読者だ。**僕は遠ざけたくない。……まあ、一句全てを暗唱できた方がその場において「かっこいい」ことは、これは間違いないのだけど。

May 03, 2016

＊1……藤田湘子『20週俳句入門』です。語り口調は厳しく怖く、読んでいて何度も「ひぃっ」と棋図かずおの作中人物みたいな顔になるが、間違いなく実作の役に立つ一冊です。続編的な『実作俳句入門』ともに2019年現在も「新版」として刊行されています（角川学芸出版）。

＊2……実際には、90年代にヒットした『VOW』という「街でみかけたおもしろネタ」の読者投稿本があって、そこに掲載された投稿（の新聞記事）だと記憶する。

今日の一句

旱天にブルジュ・ハリーファ貫入す
羽根弥生

分からない言葉があれば調べる。この句は、季語（旱天）も貫入もカタカナ部分も（つまり全部）分からなかった。で、調べていくほどに「ほう」「はあ」「ははあ！」と三段ロケットのように理解が快感を呼んだ。いったことない場所のみたことない建物なのに、俳句でもうずっと「忘れない」。

切れてる／切れてない

「『愛してるよ…』なんて　誘ってもくれない」これは荻野目洋子のヒット曲「ダンシング・ヒーロー」の歌い出しだ。これの意味が分からない人はいないだろう。だけど、ナンカコー、ん？　という気持ちが中学生当時の僕にはあった。

これは「愛してるよなんて（言っておいて）誘ってもくれない」という嘆きだ。だけど、「愛してるよなんて言っておいて誘ってもくれない」という日本語と「愛してるよなんて　誘ってもくれない」という日本語とでは、そのニュアンスに差が出る。後者の方が、気持ちの含むところが増している。メロディにあわせるために端折《はしょ》ったのだろうが、より奥深くなっている。

「テニスコートを駆けまわる　選びぬいたもの集め作る中華料理」これは矢野顕子「ひとつだけ」の一節だ。その一節の前は「楽しいことはほかにもある」で始まる。だから、その「楽しいこと」を歌っていることになる。だが、我が俳句同人「傍点」の人たちがこの歌詞についていっていた。「テニスコートを駆けまわる」と「選びぬいたもの」は「切れるのか」と。

つまりだ。上記の歌詞は「テニスコートを駆けまわりたい。（よいものを）選び抜いて中華料理を作りたい」と二つの願望を述べているのか。あるいは「テニスコート

を駆けまわって（なにかを捕獲または採取し）選び抜いて集めて中華料理を作る」と一つの願望を述べているのか。切れているか切れていないかどっちだろう、というのである。

僕は最初バカかと思った。

後者のはずがない。テニスコートを駆けまわって、なにを選んで中華料理に入れるっていうんだ。でも、テニスコートを駆けまわるで「切る」と、それはそれで「楽しいことなのか、それは」という疑問もわく（のらしい）。テニスは「駆けまわる」スポーツだが、この「言い方」は試合をしている風に聞こえない。相手がいないコートで、あるいは敵味方どちらのコートも使って（洟たらして）ワーワー走ってるだけみたいな図が浮かぶ。それは「楽しいこと」なんだろうか。そうすると、後者の「理解」にも一定の説得力がある。映画『ロッキー』の「鶏集め」の場面みたいに、あるいは「ランドストーカー」（昔のセガのゲーム）のミニゲームみたいに、テニスコートに放たれた小動物（中華によいとされる）を必死に集めるのかもしれない。

「切れても」みえるし、「切れず」につながっても、別の「景色がみえる」。そして歌謡曲の歌詞においては多くの人が無自覚にしている「切る」ということを、俳句では自覚的に行う。「ダンシング・ヒーロー」の例はともかく、「ひとつだけ」の例で「切れている」ことと、俳句でよくいわれる「切れ」は近似したことだ。

「ポメラニアンすごい不倫の話きく」という拙句がある。拙句と謙遜しつつ、とても人気があって、僕といえばポメラニアンの句の人、という感じもある（無季の句なのだが）。俳句をしない人にもウケのいい句である。いわんとする世界が（俳句をせずとも）伝わりやすいのだろう。

この句は「ポメラニアンがすごい不倫の話をきいている」のだと理解される。だが、俳句をする人は「ポメラニアン」と「すごい不倫の話きく」を「切る」。「これはポメラニアンで切れるんですね」と言ってきたりする。つまり「ポメラニアン」と「すごい不倫の話きく」の間には因果がないと「する」のである。「テニスコートを駆けまわる」ことと「選びぬいたもの集め作る中華料理」を箇条書きに考えるのに、近い。

でも、そうやって「切る」人の思い浮かべる景色は「ポメラニアンが部屋かどこかにいて、それはそれとして、誰かのすごい不倫の話を誰か（もしかしたら作者）が聞いている」図である。つまり、切らない人と同様、ポメラニアン（も）、不倫の話聞いているのだ！

芭蕉の超有名な**「古池や蛙飛び込む水の音」**もだ。「古池」と「蛙飛び込む水の音」は「切れる」。では「蛙が飛び込んだ」のは、じゃあどこかというと「古池」だ。切る人も、そう思ってはいる。じゃあ、いいじゃん！　切らなくても！　と思ったろう。でも、それはつまり「古池『に』蛙飛び込む水の音」でいいじゃん！　といっているということなのだ。あれ、それじゃあ、なんか、俳句っぽくないぞ。文章じゃん。と、俳句をしない人もそこでやっと、思うだろう。

ここでは「に」ではなく「や」で「切れてる」からこそ、俳句が俳句なんである。ポメラニアンの句には「や」という切れ字がないけども、俳句の者には（忍びの者、的な「者」のニュアンスで）もはやみえない切れ字がみえるようになっている。変なの、と思うし、面白く奥深いことだ。

切れ字や「切れ」について、「俳句の者」たちは「面白く、奥深い」ことだと「だけ」（ときに、季語以上に大事なことだと）言いあう。だが、身に付いてしまう体質みたいなことについて「変なことだなあ」という気持ちも同時に持っていたいものだ。

最後に、河合奈保子の「けんかをやめて」（作詞は竹内まりや）を「切る」目でみると大変だという話をする。「けんかをやめて　二人をとめて　私のために争わないで」可憐さ（と若さ故の傲慢）を歌った名曲だが、このサビの歌詞も一節ごとに「切れている」気持ちでみると、様相が一変する。けんかをやめることと二人をとめることがすべて自分のことになるのだ。「（彼との）けんかをやめ（ることにし）て、（なにかでいがみ合ってる）二人をとめ（ることにし）て」箇条書きの備忘録である。「けんかをやめて　銀行によって通帳記入して　二人をとめて　南瓜とれんこん買って」と心で言っている人の歌だ。

そのように解していくと、最後の「私のために争わないで」が俄然、謎を増してくることになる。「切る」ことの奥深さが伝わる、これもまた一つの例である。うそだ。台無しである。

December 20, 2016

今日の一句

トラックの荷台で唄うクリスマス　手嶋崖元

クリスマスは単語自体に「切れ」が宿る言葉だ。テレビのリポーターが「街はクリスマス一色」というとき、クリスマスを空気やムードとみなして状況に「併置」している（僕はクリスマスは二色だといつも理屈を思うのだが、それはさておき）。だからクリスマスの句は切れ字がなくてもいい句になる（ことが多い気がする）。

「強姦と和姦の境ゆすら梅」のほか**「ぜんぜん気にしていない人やブルドッグの奴隷かな」**などの「狂い切れ」の句で有名な崖元であるが、このような軽やかな句もサラっとものするのだった。クリスマスは子供のための催しのようでいて実は大人のためのものでもあり、これもまた楽しい大人たちの句だ。

青い顔のメール（俳句で「ペイする」ということ）

句集『春のお辞儀』を出すとき、版元の人から謹呈先を問われた。謹呈というのは「読んでほしい人にタダであげる」ってことだ。

「僕、普段からほとんど謹呈しないんですよ～」とわずか十～二十人ばかりの名前をいったら、その返信のメールが青かった。青いというのは、顔色が、ということだ。メールなのに、テキストなのに、顔色が青くなってるのが伝わってきたのだった！

「普通、句集を出した人は、何十人、何百人もの人に謹呈するものですから……」驚きました、という趣旨のことが書いてあったのだが、斟酌《しんしゃく》するに、版元にしてみると「アテが外れた」ということだったのだろう。

謹呈する分の本代は、作者が払う。数十から数百冊分は、その分で（自分たちが）儲かるというつもりで（彼らは）見積もっていた。句集を出した人が百人以上に謹呈するという文化は、僕もすでに知っていた。句集は、普通の書店にも置かれることは置かれる。だけど、刷ったうちのほとんどは俳句界で謹呈しあう。僕は俳句界のただなかにいる者ではない。気楽でもあり、よそものでもある。謹呈するより、書店で読者に一冊でも買ってもらった方がいいじゃないか、と思った（僕にはわずかながら読者もいるのだから、余計に）。

特に『春のお辞儀』は活版印刷でたくさん刷ることのできない、一期一会といっていい造本のものだ。俳句を知らない未知の読者に手に取ってもらいたい。そして、句集を出す最初から僕は決めていた。絶対に「黒字にする」と。そういう先例を作りたかった。打ち上げの飲み会一回分程度でもいいから、作者が赤字になる出版にはしないぞ、と。だから謹呈（ただで誰かにあげる）なんてとんでもない話なのだ。実際、僕はこの句集の印税で、わずかながら黒字になった。

だが、版元はどうだったろう。「書店で一冊」売れても、実は書店や流通にも取り分があるから、版元に入るお金は少しだ。一方、謹呈で著者が買い取れば、定価の七割くらいがごっそり版元に入る。版元にしてみれば、作者が買い取ってくれる方が「同じ一冊」でも実入りがはるかに多い。もしかしたら、その前提（百冊以上は作者が買い取る）で製作費を決めていたかもしれぬ。だから、謹呈が（向こうにすればまさかの）二十冊程度と知って、顔色が青くなったのだ。謹呈は義務ではないから、作者にもっと謹呈しろとも命令できないし。

句集を出すような出版社はほとんどが大会社ではないし、切実なことだ。いわれた僕は謹呈を少ししか増やせなかったが、もっと早い時点で「お互いの」リクープラインをきちんと話し合うべきだったと反省もした。

『サラダ記念日』が大ヒットして、商業出版の世界で活躍する歌人が何人かはいる短歌の世界と異なり、俳句の本はほぼ売れない。そのことは、俳句に魅力がないということを意味しない。逆に「俳句はエンタメではない、純粋芸術」ということも保証しない。

漠然と、俳句は非常に「伝道的な」ものだとは思う。キリストの教えがメディアで広まったのでなく、十二使徒がまず実地で広めた（のちに「教」としてシステム化された）みたいに、俳句というものは存在している。芭蕉と弟子たち、虚子とそれ以後、という図をみてもすごく「相互の関係に拠っている」ものだ（収支が赤字でも謹呈しあうことが、そこではごく自然だ）。そういう状態を不健康とか簡単に思えないし、いえない。十二使徒たちはそのとき儲からなくても伝道を生き方の根本とし、結果、聖書は世界一のベストセラーなわけだ。俳句もまた、資本主義経済とは無縁に伝達されうる。

でも、「謹呈しあうのが当たり前」という文化のまるで外側で、俳句の楽しさを知ってしまった人はどうしたらいいのか。いいのか、とか疑問を思うより前に、楽しみ方を我流で考えて、手を動かしてやり方を勝手に模索していい。僕が「黒字で、活版で、未知の読者に」と志向して本を出してみたのも、手をこまねいてシーンの正解をうかがってる暇がもったいないと思ったからだ（結果、とりあえず青い顔のメールが届いたのだが）。

このほど『天の川銀河発電所　Born after 1968　現代俳句ガイドブック』という本が出た。若手（?）俳人五十四名のアンソロジーである。気鋭の俳人、佐藤文香[*1]が編集を手がけた。今、旬の俳人をガイドするという趣旨の本だ。誰にガイドしたいかというと、未知の読者にだと思う。これに僕も何十句か載せてもらったのだが、またしても版元からきたメールがすでに真っ青！　今度は僕はなにも言ってないのに。「初版は＊＊＊部しか刷らない。どんどんSNSなどで宣伝してほしい。宣伝してくれそうな人を教えてほしい。売れたい、頼む」という趣旨の担当編集からの言葉が書き連ねてあった。

本来ならこれは、ちょっとムシのいい要望だ。そもそ

も、ノーギャラだったから。謹呈、赤字が当たり前の俳句出版文化において、「載ること」自体がメリットだろ、と無言でいわれているわけだ。メリットを思ったから掲載してもらったのだが、僕は掲載だけで満足だ。宣伝の意欲はどうしても薄くなる。(僕としては、本当に牛丼くらいしか喰えない値段になってもいいから、五十四名の俳人(編者含む)で印税を分けるべきだったと思う。その方が「未知の」人に金を出してもらうことについて各人に**責任が生まれる**からだ)。

編者の佐藤も、あとがきで率直に語っている。「新しい読者とともに、新しい俳句シーンを立ち上げたい」と。やはり、シーンという言葉を用いている。既存のシーンのただなかにいる彼女と、僕のようにいいかげんな外様《とざま》からの考えと、同じにはできないだろう。僕よりもっとずっと切実な、使命感のようなものを感じる。彼女は、そういう風に俳句について「引き受けている」人なのだ。とても良い本が出来たと思うが、その生真面目なあとがきだけ不要だったのでは？　とも思う。いや、余計なお世話か。彼女にはあるとき「もっと楽にやったら？」と飲みの席でいって、泣かせてしまったことがある。どうせ俳句では売れないんだし、という意味合いに受け取られてしまったが、そんな単純なことをいいたかったのでなく、彼女自身が大きな問題を背負おうとしていることの、気負いを僕は心配したのだ（あとで伝えました）。でももう、このように背負いはじめてるんなら、見届けるしかない。小さく稼いだコインを少しずつベットして増やしていく人の張り詰めた表情をうかがうように。

未知の読者を獲得していくことに、この本が即つながるかは分からない。「誰かが砂時計をひっくり返すべき時がある」とは甲本ヒロトの言だが、パンクロックでもスマートフォンでも、かつての大西洋無着陸横断飛行でも、つまり大きなシーンの変革に際して思うのは、どんなジャンルのどんなシーンも、アイデアだけではそれを切り開くことはできない。そのアイデアに対する**「誰か一人の、むやみな確信と熱」**が必要なのだ。というわけで、宣伝しても一円の印税も入らないのだが、僕の俳句も載ってることだし、『天の川銀河発電所』ぜひ手に取ってみてほしい。ただの俳句アンソロジーのようでいて、熱とアイデアのある一冊であることはたしかだ。この本に載ってよかった、得したと、後で思いたい（僕が）。

August 31, 2017

＊1……俳人。彼女が編集した『俳句を遊べ！』（小学館）も入門書としてオススメです。

石榔の天井石へ秋の虹

松本だりあ

「野性俳壇」で夏井いつきさんと僕のダブル特選句（つまり☆）。「石榔」といういかにも由緒ありそうな、耳慣れぬ単語はまず調べてもらうとして……はい、調べ終わりました、と。そのものの醸し出す悠久の歴史がこの句の「よさ」のようである。でも、醸し出されるのは石榔ではなく天井石という単純な名詞のおかげだ。どちらも同じ対象に用いられる語だが、天井石という命名には詩がない。現代の学者たちの便宜の呼び分けでついている。その便宜をも俳句は石榔と等分に扱う。詩のある言葉が詩を生むのではないのだ。

今の俳句の世界に足りないもの

ギネスブックに認定されている「世界一短い手紙」はヴィクトル・ユーゴーが出版社に書いた「？」と、その返事の「！」である。小説『レ・ミゼラブル』の売れ行きを尋ねた（そしてその返事の）手紙だ。ネルソン・ピケはF1のあるレースを途中で棄権したが、理由は「あまりにも暑かった」からだという。リンゴ・スターが一時的にビートルズを脱退した際の話。ジョン・レノンと話し合って「どうせ（僕がいなくても）君たち三人で仲良くやってるようだしね」と嫌味をいったらジョンが即座に言い返した言葉は「そんなことないよ」ではなく、**「仲良くしてるのは君たち三人じゃないか！」**だった（それで毒気を抜かれたリンゴは復帰することに）。長嶋茂雄はあまり何度も敬遠されるので、ついにあるときバットを持たずに打席に入った。太宰治は芥川賞を懇願する手紙を選考委員に書いた。ゴッホは耳を切り落とした……っていうか、いきなりなんの話を列挙してるんだ、とお思いでしょうな皆さん。

前回のこの連載は、我ながら快心の出来だった。俳句アンソロジー集『天の川銀河発電所』を応援する文章だ。書評家の豊﨑由美さんや歌人の枡野浩一さんにもツイートで誉めていただいた。普段から交流のある二人だが、だからって毎回毎回は褒めてくれないから、前回のテキストは特にパワーが伝わったのだと思う。

なぜか、俳人にだけ、特に褒められなかった。「面白くなかったから」と言われれば仕方ないが、それでは俳句外の人々の（前回に限っての）絶賛と、なんだか辻褄があわない。アンソロジーの編者である佐藤文香にさえ感謝の言葉一つもらってない。僕が勝手に応援しただけであり、感謝を期待して書いたわけではないから別にいいのだが、俳人の方からの具体的な反響は「泣かせたエピソードは書かなくてよかった」「私なら書かれたくない」くらいだ。たしかに。佐藤氏の生硬なまっすぐさを伝えるためとはいえ

「飲み屋である夜、人を泣かせた」だなんていう俗なエピソードを、なぜ僕は書いたのだろう。そういう俗な話題を、むしろ普段の僕なら避ける。自慢していいことでもなんでもない。

でも、あの文章に限っては必要だったのだ。

今の俳句の世界に欠けているものは、「優れた俳句」でも「若手の存在」でもない。「優れた俳句を紹介する存在」や「批評」でもない。**欠けているのは「逸話」だ。**

面白い世界、多くの人の心を長く灯し続け、熱く語られる醍醐味のある世界には、必ず多くの「逸話」がまつわる。漏れ出る。ユーゴーや太宰の小説の面白さ、スポーツ選手の成績、偉大な記録、ビートルズの音楽、ゴッホの美術、それら「作品」(やスポーツの結果)に、逸話はなんの関係もない。評価とも無関係だ。むしろ、あれだ。ゴッホの作品を、彼が耳を切ったことから推察される気性の激しさと「からめて」みるのは、とてもよくない鑑賞だ。

ずいぶん前に、自由律俳人の住宅顕信を特集した本に寄稿したことがあるが、その際も僕は「彼が年若くして亡くなったこと」を作品とからめて感傷的に鑑賞してはいけない、と強く主張した。だけれども、彼が夭折したという「逸話」は必ず彼に付随する。（作品というより、作品の生まれた、その）世界が優れていれば、面白みがあれば、逸話の側が勝手にまつわりつくのだ。「暑いから」と車を降りてしまったF1レーサーの逸話は、F1というスポーツのみせたい本筋ではない。でも、その逸話は、F1がただの結果の優劣や素晴らしい技量だけみせてくれるのでない、人間がやってる生々しい営みがみられる、ということを示してもいる。

「逸話」には、誰と誰が付き合っていたとか、喧嘩したとかいう「俗」も含まれる。それよりもっとずっとくだらないことでも立派な逸話だ。「アンドレ・ザ・ジャイアントが大の日本嫌いだった」というたったそれだけの逸話で、僕は「へぇ〜」と感心してしまう（なにしろ彼は日本人に愛され、何度も来日していたから）。そして、プロレスという縁遠い世界をちょっと奥深い、豊かなものに感じる。世界的ベストセラー『ハリー・ポッター』第一巻の初版がわずか数千部だったとか、『赤毛のアン』は何社に持ち込んでも出版を断られたという「逸話」は、それらテキスト（の価値）と無関係のことだ。でも、知られている。なぜか。それらの「逸話」は作品を受け止める人々をほほうと感心させ、立ち止まらせ、親しみやすくさせ、なにより「記憶」させ、そして自分達の（価値の不確かな）世界と地続きのものに感じさせるから。

もちろん、逸話が『ハリポタ』や『赤毛のアン』をヒットさせたわけがない。ヒットしたから逸話が広まった。でも、逸話はその世界をさらに豊饒にするし、大事な点は「誰も逸話を漏らさなければ」その豊かさも訪れないということ。だから、あえて僕は、版元とのやり取りも（前項で）書いた。書けば、いつかそれがヒットしたり広まった際に、豊かさの一助になる。書かなければ、ならない。

今、俳句シーンの若者たちからはもっぱら、俳句と、評の言葉「しか」出てこない。たとえば師弟関係があるだけで「逸話だらけ」だろうに。彼らは皆、あらゆる方向に用心深い。それで、生身の人間じゃなく俳句マシーンたちが俳句作って俳句の会話をしているように感じられる。逸話がないんじゃ（たぶん）なくて、自然に広く外まで漏れ出てこない。僕が飲みの席であるとき若手俳人を泣かせたなんて、他愛ない、しかもさして面白みの少ない話にすぎない。それでも、ただ「作品」や「評」だけが潔癖に並ぶのでない、生身の人間同士が悩んだりぶつかったりしている「現場」がそこにあるんだ、と伝わる「逸話」だ。だから、書いた。世界を肉付けするために（つまり、逸話も評論や作品と等しい「言語」なのである）。

無論、逸話を広めるのは危険なことでもある。作品まで俗に鑑賞されてしまう（かもしれない）から。それは以後も考えて「正解していく」しかない。一方で楽観もしている。俗なものだけを俗にだけ理解して、声高に喧伝したがる低俗な者は、あらゆるジャンルのすぐそばに貼りついている。でも、歴史を経ればすべてのゴシップも俗も、ちゃんと作品と無関係な、ただの「逸話」になる。

これは、俳句界の人に「もっとゴシップきかせてよー」とかいう低俗な提案をしているのではない。とにかく、アンソロジーを多くの人に届けたいなら、そもそも届ける、届くってどういうことだ、「必要」な「言葉」は？　ということを、僕は考えたのだし、これからもそのように考え続けていこうと思う（この連載は、その、逸話「ばかり」を語っている営みだという気もしてきた）。

September 29, 2017

本物の栗をぬひぐるみの熊に
矢野玲奈

『天の川銀河発電所』より気に入った句を。いっけん、かわいらしい事項だし、この本においても作者も「かわいい」のカテゴリにいれられているのだが、とても乾いた視線だ。本物とわざわざいわれて、栗の輝きが作り物めいてみえる。なぜか日当たりがすごく、ない。うす暗い室内に引き込まれる力がある。

どこまで俳句にできるか

どんな俳句にも作者がいる。どんな創作も作者がいる、と言い換えてもいいんだが、俳句は特に、作者がいるなあ、いるいる、と思う。

小説とか、写真とかよりも強く感じる。「安易な自分語りなどやめ、写生に徹しろ」みたいな教えを俳句ではよく言うけど、それなのにだ。**「遠山に日の当りたる枯野かな虚子」**みたいな渋い句をみても、いるなあ、作者、と感じないときはない。

小説は露骨な「こしらえもの」なんだけど、あまり思わない。同じ作者のものをいくつも読んで、やっと「その作者らしさ」を思ったりする。もっとも、俳句一句で、その作者「らしさ」が分かるわけではない。実感するのは、とにかく作者が「いる」ことだ。

誰かがそういうことを俳句にしようと思ったのだなあ、と強く思うわけだ。

　写真なんか、間違ってシャッターを押しちゃってても写真だ。でも、間違って俳句ができることはない。文字をそのように並べて発表した人が、必ずいる。つまり、俳句には「そういうことを俳句にした人がいる」という文字情報が添付されている。「遠山に日の当りたる枯野かな」というテキストは「遠山に日の当りたる枯野かな（ということを俳句にした人がいる）」というテキストと同義なのだ。

　ただこれが「遠くの山に日があたっている枯野がある」というテキストだと、そういう風には思わない。作者を感じない。定型と切れ字というカッコつけが、「そう言おうとした人」の存在を輪郭づけている。

　そんなの当たり前だと言う人は冴えてない。小説にだって「ということを小説にした人がいる」という情報のテキストは添付されている。でも、小説本体は「ということを小説にした人がいる」というテキストより圧倒的に長い。俳句はたった十七音だから、「ということを俳句にした人がいる」は、拮抗する長さの情報なのだ。僕はこれは重大なことだと思う。

「流れ行く大根の葉の早さかな」という虚子の句は最近でも名句か駄句かと議論されてるそうだが、付帯する情報を思うとき、名句かどうかはともかく、もうっ虚子好き！と僕は思う。「流れ行く大根の葉の早さかな（ということを俳句にしようとした虚子）」言い換えれば「流れ行く大根の葉の早さかな（そんなことをわざわざ俳句にした虚子）」もっと言い換えれば「流れ行く大根の葉の早さかな（そんなことをわざわざ俳句にするなよ、虚子）」ということになる。

「ということを俳句にする」にも、さらに付帯する言葉がある。それは「わざわざ」だ。我々はわざわざ俳句を作っているのだ。そうでない俳人はいない。俳句を作り続けるということは、どこまで「わざわざ」創作できるか、という試みをするということでもある。

そのことに気付いたとき僕は**「初鮫は片足残しくれにけり」**という句を作った。新年そうそう鮫に襲われたが、両足ではなく片足ですんだ（よかった）、という句だ。たいした句ではないが、気付いたことを保存しておきたかったのだ。初鮫という季語はないのだが、これは最初から大した句じゃないのを作ってるんだからいいだろう別に。

すべての俳句の末尾に「……ということを俳句にした」という情報が付帯されているならば、挑戦できる面白さに「ていうか、俳句なんか作ってる場合か！」がある。わざわざ、を活かすわけだ。

自宅の火事をみながら連作を作った俳人がいる（小林恭二著『俳句という遊び』で紹介されて知った人が多いかもしれない）。皆吉司という方の連作で**「門柱に朝刊置かれ火事終る」**とか、なんだかすごいの

だ（ふらんす堂のブログに一部が抜粋されてます）。そんなトライが既にあるんだから、サメに食われるくらいやらないと、と思ったのでもある。我が身の生命の危険のどこまで「俳句にする」ができるだろう。本当にホオジロザメに襲われたとき、僕は俳句を作れるだろうか。ただギザギザなだけでない、奥にも生えてスタンバイしている重層的なあの歯のことを、海に広がる太腿からの鮮血を、ちゃんと写生できるだろうか。

そういえば「辞世の句」という言葉がある。辞世の詩や辞世の歌という言い方はしない。死ぬ間際さえ「句」を作ることは滑り込みでできる。名句になる可能性は低くても、トライできる。それが俳句の特性だ。

December 27, 2017

板チョコを割るに力を冬探し
山本紫黄

板チョコを割るのに力はさほどいらない。「さほどいらない」は、必ず「少しいる」ということだ。どっちに感受するかだ。それが俳句の輪郭になる。火事も俳句になるが、年を経て（力が）弱まっていくことも俳句になるのだともいえる。

15ページに登場した紫黄さん。あそこに書いた逸話を、先日久しぶりにあった句会の仲間も皆、忘れてなかった。没後十年だ。

この世に傍点をふるように

句集『春のお辞儀』の履歴に、「同人誌『傍点』を立ち上げる」と書いたら、米光一成さんに「『同人誌』を立ち上げるってどういうこと?」と疑義を呈され、チッと舌打ちした話を書いた。その後、ここで書いた公約通り(?)同人誌を一号も出していない。ギャラの伴う依頼もなく(一度、間違えて川柳の依頼がきたが)、ただ緩慢に句会を続けるばかり。

そして、2014年刊行の拙句集『春のお辞儀』はすでに絶版である。本当の絶版だ。活版印刷で、つまり活字の版を本当に組んでいて、その版をバラしてしまったのだから、版が絶しているのである。すでに古書価格があがっているらしいので、普通の印刷で廉価の新装版を出さないかと版元に水を向けたが、「うちの場合はもう自費出版でないと無理だ」と言われた。

自費出版は嫌なので、出せない。つまり、俳句作品も現状、啓蒙できない状態[*1]になった。同人は特になんもしてない、そんで句集は絶版。今は年に一、二度、句会イベント「東京マッハ」に出演するのと、あとは月に一度『小説野性時代』の俳句欄の選者をしているだけ。

ホソボソという擬態語が背後についてそうな、我が俳句活動ぶりである。

あのとき、「正解」するべきだ、と僕は書いた。

ここまで僕は正解できたか。不正解を選ばないかわりに上記のように停滞しただけだ。本当は、事をたくさん起こして(=たくさん失敗や手ごたえのなさを感じて)みないと正解できない。それも実は分かってる。だが、こと俳句についてだけは、それが得策と(なぜか今も)思えないのだ。

そういえば俳句同人「傍点」の面々も、僕に似ている。熱心、不熱心、バラバラだ。

『野性時代』にも投句したりしなかったり（せっかく、僕とともに俳句について考えることのできる貴重な機会なのにだ）。うまい・下手もまたバラバラ。そこそこの句を作る人も、そこからあまり上達しない。さすがに最初期のころのように烏と鳥を読み間違えて選句するようなことはなくなったけども、あるところから目覚ましくなっていかない。

その上達のしなさは素質の問題だろうかと最初思ったが、最近の彼ら彼女らの様子をみていて思った。上達できないのではなく、半ば自覚的に「しない」んだな、と。

俳句の世界にもセオリーとか、悪手というものはあって、それは「教える」ことができる。それを習得できなくて悪手を繰り返すのだとしたら、それは素質の問題だ。対するに「分かったけどこうよみたいんだもん」というのは、意志の問題だ。上達してなお「こうよみたい」とはいかないものなのか？　仮に僕の教えにある種のプレッシャーがあれば、その人は上達するだろうか。

俳句の集まりには同人と別に「結社」というものがある。先生がいて、一人が皆に教えるわけだ。結社の作る雑誌（結社誌）は、まず先生の句が見開きでどーんと載ってる。

それから、うまい人がページを割かれてたくさん句が載り、だんだん序二段・序の口みたいに載るスペースが露骨に小さく、句も少なくなる。それをピラミッド的な組織のようにみてとると、なんだか怖いもののように思えるが、教える側の教えには責任と力とが両立することだろう。教わる側にも教わりたい、うまくなりたい（＝もっと大きなページに載りたい）というモチベーションが生じて、健全な競争を生むことになる（組織が硬直化したり、揉め事があったり、不健全なことになる話を聞かないわけではないが、いやむしろ、すごくたくさん聞くが、それは俳句結社だけでなく、組織というものすべてに起こりうることだ。たとえば直近のアメフト部の事件[*2]のように）。

対するに同人はフラットな関係で、「一緒に学ぼう」だから、僕が何かを教えたとしても、なんでおまえの教えに従わなければいけないんだよ、という気持ちにもなるだろう。また逆に、僕よりも熱心に俳句を学んで、いろんな句会に顔を出したり句集を読み漁ったりする同人も何人かいる。上の顔を立てたり、教えを待つ必要もないから、これも自然なこと。もともと僕一人の求心力で集まった集団なのに、ピラミッドでなくフラットを選んだことに、矛盾があるのだ（＝不正解）ともいえる。

おりしも「東京マッハ」の盟友、堀本裕樹が俳句の結社「蒼海」を立ち上げた。けっこう、へえ〜と思った。……なんなんだ、「けっこう、へえ〜」って。この連載で僕は、「人は普通に生きていたらトーナメントを経験できない」と書いたが、トーナメントと同じくらい「結社を立ち上げる」も、人生でそうは経験できないぞ。

堀本裕樹を僕は堀やんと呼んでいる。震災後にできた友達だ。中年になってできる友は貴重だ。僕とほぼ同世代（二つだけ若い）の堀やんが、思い切って「手」を放った。今の時代に、新規に作る結社。彼の性格からしても、硬直化した権威的な怖い場所にはならないだろう。でも、やはり結社だ（若手の好む「超結社的ななにか」ではない）。一人が、一人の責任でトップに立つのだ。心から応援したい。

僕も、そろそろなにか動こうかと思っている。

おりしも尊敬する漫画原作者の狩撫麻礼が（少し前だが）亡くなった。彼の漫画には

「シンクロニシティ（ユングの心理学用語）」「一念発起」そして「契機」という言葉が出てくる。それらすべて、「タイミング」と「意欲（言い換えれば「勇気」）」に関することだ。彼の代表作『迷走王 ボーダー』の主人公蜂須賀の正体は小説家だが、ボブ・マーリーが死んだときに執筆をやめる。「契機」とはなにか始めるためだけにある言葉ではないということを僕は蜂須賀の選択から学んだ。それで（彼が死んだからというのはこじつけなのだが、それも頭の片隅に置き、契機として）、なにかを始めるのではなくて一つ、この連載をやめることにしたのだった。

最後に、「傍点」という集団名の由来を語って終わろう。俳句の結社や同人名は漢字二字のものが多くて、どれも抹香臭い名詞が多いなあと思っていて、二字だけど無味無臭なものにしたいと、まず考えた。漢字二字の傍点というのは、テキストの脇にふる点のことだ。そこだけ強調して、きわだたせる。文章のすべてにふったら強調にならないから傍点は必ず、ほんの少しだ。俳句もまたテキストだが、テキストではなく、この世界の脇にふる傍点のようでもある。
次になにをするかは決めていないが、同人だけどワンマンに、つまり、矛盾を加速させようと思っている。同人のみんなもきっと、ついてきてくれるだろう……と思ったら全員もう、堀やんの結社に入ってたりしてな。もしかしたらもう、とっくに！

May 31, 2018

＊1……絶版の『春のお辞儀』は2019年に『新装版　春のお辞儀』として増補の上、再刊行されています（書肆侃侃房）。
＊2……こういう時事は風化するのが早いので補足するが、大学のアメフト部の選手が監督の指示で敵チームに故意に反則をしかけ、大問題になった。記者会見でみせた監督側と選手側の様子の違いに、歴史や権威のある組織というものの疲弊を感じ取れる事件だった。

寝そべりほらニホンタンポポの愕である
長嶋 有

最後は拙句。ニホンタンポポとセイヨウタンポポは愕で見分けるという「知見」は、それだけで豊かだ。知見がそのまま俳句になる（というか、した）。そのタンポポがニホンタンポポである確率は、クローバーが四つ葉くらいのことらしい。

岸田今日子に「**鯨ってこんなんだよと走っていく**」という句があって、僕もそんなのを作りたいが、もう中年なので寝そべってしまうのだった。

長めのあとがき

ちょうどこの本の出版を準備している２０１９年9月、「傍点」同人の訃報があった。僕より二つ下の四十四歳、病気での急逝だった。

誰の人生にも「身近な人の、不意打ちの死」はありうる。でも、誰にでもあることだからって、訳知り顔で受け止めることができるかというと、そんなはずはない。「火に触ると熱い」ことは誰でも知っている。でも不意に、大きな炎に実際に焙《あぶ》られたら、その痛みを「本当に知っている」わけはない。それと同じだ。

同人一同、大変なショックを受けた。「傍点」は数日前まで、インターネット上で「タイマン句会ワールドカップ２０１９」を開催しており、彼はその事務作業をする一人だった。

句会の投句締切、選句の呼びかけ、得点の集計、発表などについて、スマートフォンの「LINE」でグループを作り、頻繁にやり取りをしていた。

LINEには「既読スルー」という用語があるが、彼の「既読」がつかなくなったとき誰もあまり深くは気にかけなかった。ちょうど大会も無事に終え、残っていた行事は表彰式だけで事務連絡の必要はなくなっていたし、忙しいのかな、くらいに思っていた。

(ところで)LINEという手段は、スマートフォンの縦長の画面を活かして、軽妙に会話ができるようにデザインされている(別にLINEがその仕組みの元祖ではないが、日本で老若男女に広まったものとしては先駆的なものだろう)。パソコンのメールと異なり、漫画のフキダシのようなものに言葉が包まれて、ピョッピョと軽快にやりとりできる。

この「仕組み」を考えついた人は、やりとりしている人間が急に(やりとりの最中に)死ぬことを想定しなかったんじゃないか。死がまだまだ身近ではない、明らかに若い世代が思いついたものだ。

しばらくつかなかった既読がついた、と思ったら、当人ではなくお姉さんと名乗る人からの言葉が届いた。

突然の仲間の訃報は軽妙に、フキダシに囲われて、ごくカジュアルに告げられることになった……。


本書のもととなった連載の最終回で、「どうするどうなる傍点」と自らを（「朝まで生テレビ」のように）煽ったが、その後の「傍点」は主にツイッター上での句会を模索し続けた。「タイマン甲子園」を発展させた２０１８年の「タイマン句会ワールドカップ」は、「傍点」同人ではないゲストも呼び込んで、八人……ではない八カ国で競われた。同年開催のサッカーW杯に準じて、４チームずつ２グループに分かれて予選で（タイマン句会の）総当たり。「勝ち点」「得失点差」を競った（準決勝からはトーナメント）。

タイマン句会は二人という最少人数で行う句会だが、選句は二人以外のヤジウマが行うというのが、ルールの肝だ。

二人がお互いの出題に対して一句ずつ、計四句を匿名でシャッフルして掲示し、ヤジウマは四句から一句だけを選ぶ。どちらかを勝たせたいと思っても、点を入れた句がどちらのものか分からない。応援のつもりが攻撃になりかねないルールだ。

選句の締切がきたら、そこで初めて作者が明かされる。自分の選んだ句は、どちらのものだったのか、スリリングな瞬間がある。

甲子園方式では、シンプルに勝った方がトーナメントを駆け上がる（負けた方は砂を集めて退場）だったのだが、僕は、W杯サッカーの予選がすごく好きで、やってみたかった。好きというのは、試合のことではない。「どうしたら予選通過する、どうなったら敗退する」という数字上の決定がとても面白いし、そこには醍醐味もある（ここでは詳述しないので、あれがいかに機微に満ちたものか、サッカー通に聞いてみてください）。

句会の遊び方を模索する中での、ちょっとした実験のつもりだったのだが、これが本当のW杯のように盛り上がった！

たくさんの人が選句をしてくれた。同人だけでなく、ゲストのツイートで開催を知って参加してくれる人もいた。

のべ数百人がみてくれたとして、そんな風に「俳句を」「みて」もらえることって、そうそうあるだろうか。俳句の同人誌を数百部刷って謹呈しても、ほとんどの句は熱心に読まれない。対するに、匿名で発表される四句は、一試合ごと実に丹念に「みて」もらえる。のちに語り草になる名試合もあって、そうすると俳句がまるで大活躍したスター選手のように覚えられるのだ。

じゃあ、と僕は思った。それが「同人活動」でいいんじゃないの？　と。のべ数百人がたとえば数千人になれば、立派な作品発表の場といえるんじゃないか？

その他、同人活動として、『ビッグコミックオリジナル』の表紙に掲載される俳句（原稿料総取り）を同人で競ったり、僕が俳句欄を担当する『小説野性時代』に賞品を出してもらっての句会を開催したりした。どれもネット上で「見知らぬ客にもみてもらえる工夫」をして、ゆくゆくはスポンサーをつけて開催していくことを思ってのものだ。

訃報が届いたのは、第二回の「タイマン句会W杯2019（第二回はラグビーのルールを模したもの）」が終わった直後だ。


上述のように、ネットでの活動に手応えを感じる一方で、同人活動を続けていくことに僕は疲弊を感じてもいた。連載時にも書いた通り同人たちは一枚岩ではない。創作における意欲がバラバラなばかりでなく、たとえばツイッターで行う句会の事務においても、作業する面々と僕の間には意識のズレがあった（僕は、皆のためにゲストに声かけて頭さげてお膳立てしてあげてるという、事務方は僕がやりたいことを苦労してやってあげているという、正反対の意識があった）。

そういう「問題」が他にも数あるものの、なんとなく棚上げしながらでも続けようと思っていた矢先のことだった。

彼の追悼の句集を出さないと。通夜の席で初対面した喪主（お父様）に僕は、彼が長年、俳句をやっていたこと、同人を支えてくれたことと同時に、追悼句集を出すつもりだと告げてしまった。

人の死に際しても、今はフキダシの中でカジュアルに告げられるデジタルのやりとりと、通夜の席での畏まったやりとりと両方ある。

これまで、「紙の同人誌を出さなくても同人活動はできる」と思っていたが、喪主の(死者よりもはるかに年上の)お父様に「彼の俳句はツイッター上にありますから、どうぞみてくださいね」とは言えなかった。

このことは「デジタルがカジュアルでよくない、紙はよい」という単純な話ではないが、とにかく、彼が優れた俳人であった証は「紙に」まとめようと初めて思った。

高崎で行われた通夜の帰りの車中で、考えがさらに進んでいった。

彼が死んで、追悼本を刊行する。でもまたいつか、同人の誰か死ぬだろう。そしたらきっと、また追悼の本を刊行するだろう。また誰か死ぬ。本にする。また……。

つまり我々は追悼句集しか刊行しない団体になる！

そんなのは、なんだかおかしい。嫌だなあ。

追悼ではなく、生きている者の創作を生きているうちに紙に残さないと。これも初めて思えたのだった。

同人の何人かもそのことには強く賛同してくれた。とはいえ。紙のなにかを発行するのがとても大変なことも僕は知っている。現状の自分の乏しいカリスマ性で、このバラバラの同人たちを束ねて発行し続ける自信もないし、モチベーションの低い面々に対して、僕の意欲も湧き上がらない。

一方で、少なくとも彼の一周忌にはなにか形にしなければならない。賽は投げられた、ではないが、締切は具体的に定められてしまった。

熟慮に熟慮を重ね最近、一つのことを決めた。

彼の追悼の本を出したら、僕は「傍点」を脱退しようと。

もともと、組織を束ねていける器ではなかったのだ。僕が作った同人だが、僕が抜けて悪いという法はない。解散でも休会でもなく、僕が脱退して、なお残った者に続けてもらう（彼らに創作をしたいという意欲があるなら）。

むしろこれは、面白いアクションになるんじゃないか。そもそもずっと、既存のやり方ではないなにかを求め続けた同人活動だったのだ。ロックバンドのメンバーの誰某が脱退したときのような「逸話」が残ることにもなる。

それに「同人」とか「編集長」とか、そんな呼び名ややり方自体、どんどん変わっていくだろう（たとえばスマートフォンが普及してLINEが広まった、たった数年で人のやり取りが変わったのだから）。

本書を読み興味を持った方は、僕が種を蒔いて少しだけ育てた「傍点」をどうぞ探ってみてほしい。僕は僕で、少し身軽になって俳句を続けていくつもり。面白い、冴えたやり方を模索する中で、皆さんと同人と僕、三者が邂逅することもあるかもしれない。

そのときはどうぞよろしく。

続けて謝辞を。朝日新書の大場葉子さん。従来の俳句の本っぽくない、からっと乾いたイラストを描いてくださった大橋裕之さん。ライブハウスでのゲーム大会の司会という不思議な仕事で知り合って以降の長い付き合いで、俳句界の外側から俳句を虚心に面白がり、連載を依頼してくれたsmallest君、連載を載せ続けてくれた弾さんとlikethis.jpに、特に感謝します。

2019年9月30日

長嶋　有

初出……Webサイト「LIKE THIS」にて2014年6月より18年5月まで連載した『俳句ホニャララ』を改稿。「はじめに」「長めのあとがき」および「今日の一句」（42、81、143ページ）は書き下ろし。

長嶋　有 ながしま・ゆう
1972年生まれ。作家、俳人。94年朝日ネット（パソコン通信）の「第七句会」で句作を始める。95年「恒信風」創刊同人。同人の寺澤一雄の他、池田澄子らの影響を受ける。作家として2002年芥川賞、07年大江賞、16年に谷崎賞を受賞。2019年度のNHK Eテレ「NHK俳句」で毎月第二週の選者を担当している。句集に『新装版　春のお辞儀』（書肆侃侃房）。

朝日新書
742

俳句《はいく》は入門《にゅうもん》できる

2019年12月30日第1刷発行

著　者　長嶋　有

発行者　三宮博信
カバーデザイン　アンスガー・フォルマー　田嶋佳子
印刷所　凸版印刷株式会社
発行所　朝日新聞出版
〒104-8011　東京都中央区築地5-3-2
電話　03-5541-8832（編集）
　　　03-5540-7793（販売）

Published in Japan by Asahi Shimbun Publications Inc.
ISBN 978-4-02-295049-9
定価はカバーに表示してあります。

落丁・乱丁の場合は弊社業務部(電話03-5540-7800)へご連絡ください。
送料弊社負担にてお取り替えいたします。

朝日新書

新版 知らないと損する
池上彰のお金の学校

池上 彰

銀行、保険、投資、税金……生きていく上で欠かせないお金のしくみについて丁寧に解説。給料の決められ方、格安のからくり、ギャンブルの経済効果など納得の解説ばかり。仮想通貨や消費増税、キャッシュレスなど最新トピックに対応。お金の新常識がすべてわかる。

水道が危ない

菅沼栄一郎
菊池明敏

「日本の安全と水道は問題なし」は幻想だ。地球二回り半分の老朽水道管と水余り、積み重なる赤字で日本の水道事業は危機的状況。全国をつぶさにルポし、国民が知らない実態を暴露し、処方箋を探る。これ一冊で、地域水道の問題が丸わかり。

大江戸の飯と酒と女

安藤優一郎

泰平の世を謳歌する江戸は、飲食文化が花盛り！田舎者の武士や、急増した町人たちが大いに楽しんだ。武士の食べ歩き、大食い・大酒飲み大会の様子、ブランド酒、居酒屋の誕生、出会い茶屋での男女の密会——。日記や記録などで、100万都市の秘密を明らかにする。